「やっ！　やぁあっ！　そ、それっ！　だ、駄目ぇええっ！　あぁ、やぁあぁあ！」
あられもない声を振り絞りながら、私は彼の舌から必死に逃れようともがくも、
そうすればそうするほど、獰猛な牙をむき出しにした彼に食べられてしまう。
確かにクリームをとってとは言ったけれど、けしてこういう意味じゃないのに！

TAKE
SHOBO

平凡なOLが
アリスの世界にトリップしたら
帽子屋の紳士に溺愛されました。

みかづき紅月

Illustration
なおやみか

蜜猫
Novels

平凡なOLがアリスの世界にトリップしたら帽子屋の紳士に溺愛されました。

contents

イラスト／なおやみか

平凡なOLがアリスの世界にトリップしたら帽子屋の紳士に溺愛されました。

プロローグ

「ああ、やはり君は焦らしたほうがおいしい――もっと乱れたまえ」

「っ⁉　い、嫌……ああっ、やめて！　お願いだから……そんなところまで食べない……で……」

「こんなにおいしい蜜をしたたらせながらそんなことを言われても無理な注文というもの。食べてほしいと言わんばかりだ」

「そ、そんな……だ、誰のせいだと……思って……」

「さあ？　他人のせいにするのは良くない」

笑いを含んだ彼の声は、早くも嗜虐的《しぎゃくてき》な空気をはらんでいた。

危険な予感にぞくりとする。

前髪に隠されていない方の切れ長の漆黒の目には、いつも以上に危うい色が滲《にじ》んでいて、彼はその挑戦的なまなざしで私を射抜きながら膝へとキスを落とし、濡《ぬ》れた口元を舌で舐《な》めたかと思うと、再び内腿《うちもも》へ舌をじりじりと這《は》わしていく。

私こと森山有栖《もりやまありす》は空色のエプロンドレスの裾をたくしあげられ、白のニーストッキングもあらわにされ、テーブルの上に座らされている。

ふんわりと淡い金色の長髪に黒いリボンカチューシャ。

不思議な国のアリスとよく似た格好だが、コスプレをしているわけではない。こちらの世界に来たときから、どういうわけかこの格好だったというだけのこと。

髪の色も元々は黒だったのに金髪になってるわ、目の色も同様に黒のはずが青になっているやら、一体自分の身に何が起きているかワケが分からない。

ひょんなことからこの世界に迷い込んでからというもの、おかしなことばかりが起きている。

今もまさにそう。

しっとりとした光沢を放つ黒のシルクハットが揺れながら下のほうへと移動していくのを見つめながら、私はたまらず熱いため息をついてしまう。

色とりどりの薔薇《ばら》が咲き誇るガーデンの中央に置かれた幅一メートル、長さ五メートルはある巨大なテーブル。

テーブルには真っ白なテーブルクロスがかけられ、その上には磨き抜かれたシルバーカトラリーやトレーが並べられている。

トレーは、色とりどりのタルトやショコラ、果物などで隙間なく埋め尽くされていて、まるで宝石のような輝きを放っている。

絵付けも見事なティーポットのころんとしたフォルムも可愛《かわい》すぎる。稀少《きしょう》な茶葉で淹《い》れる紅茶の香りもかぐわしい。

ああ、夢のよう。なんていう贅沢《ぜいたく》なお茶会だろう。

それなのに――お茶やお菓子を味わう余裕は残されていないだなんて。もったいなさすぎる。

「っあ！　っあああぁっ！」

不意に濡れた滑らかな感触が敏感な箇所へと触れてきて、思わず鋭く艶《つや》めいた声をあげてしまう。

彼の舌が……私の恥ずかしいところを舐め上げたのだ。

ついさっきまで激しく貪られていたせいか、いつも以上に敏感になってしまっている自分がうらめしい。

私は素敵なスイーツとお茶を楽しみたいのにどうしてこんなことに？

もう幾度となく繰り返してきた自問自答に眉根を寄せる。

彼の城の食客としてお茶会への参加は義務。

しかし、そのお茶会というのが……あまりにも淫らでカオスだっていう。

事前に知っていたら全力で逃げ出したはず――

いや、果たして逃げ出せたものかはあやしいかも。

でも、そもそも最初はこんなお茶会じゃなかったのに……。

互いに異様なほど惹《ひ》かれ合ってしまい、どうにもならなくなった先に待ち受けていたのがこの常軌を逸したお茶会だった。

「ン……う、あぁ……や……あぁああ……」

猫がミルクを飲むときのような湿った水音に羞恥を煽《あお》られて、いてもたってもいられないような心地に駆られる。

唇をきつく噛《か》みしめて声を堪《こら》えようとしても、愉悦のさざ波が電流のようにはしりぬけていって我慢することができない。

彼の思うがままにされている自分が嫌で、感じたくないと思うのに彼の帽子を押さえて遠ざけようとする手に力が入らない。

舌先が小刻みに震えながら、花芯にいやらしい刺激を与えてくる。

快感がじりじりと下腹部に溜《た》まっていき、今にも爆《は》ぜてしまいそう。

にもかかわらず、達する寸前で彼は舌を離し、じゅるりと音をたてて恥蜜をすすりあげてきた。

「きゃっ!? やぁああっ! すすら……ない、で……汚い、のに……」

「そんなことはない。いとおしい君の蜜なのだから——たっぷりと味わせてもらおう」

歌うような抑揚をつけて言うと、彼はいったん顔をあげてもう一度私を見つめると、テーブルに置かれたカップを手にとって口をつけた。

その所作は洗練された紳士のものに他ならず、私の胸は甘やかに高鳴る。

斜めに伸ばした前髪で隠れているほうの目は赤く、もう片方の目は黒い。珍しいオッドアイを持つ彼の名はレーヴィス・キング・ハッター。

顔立ちは中性的でミステリアス、見ようによっては女性のようにも見えるが、一八十センチはゆうにある長身にがっしりとした体躯《たいく》からして男性ということは一目瞭然。

仕立てのよいワイン色のフロックコートにアスコットタイをしめた姿は、どこからどう見ても見目麗しい大人の色香溢《あふ》れる紳士。

なのに、なぜこんな真似《まね》をさも当たり前のように涼やかな表情でするのだろう?

最初は理想の紳士だとばかり思っていたのに……本性がまさかこんなだったなんて。

見た目や最初の印象とのギャップが本当にひどすぎる。

これじゃ……紳士は紳士でも、変態紳士じゃない! せっかくの紳士が台無しだ。

そんな私の心の叫びが届いたのか、彼はカップをテーブルに置くと笑いを含んだ声で言った。

「こんなはずじゃなかった――そう言いたそうだが?」

「うぅっ……わ、分かってるなら……やめてくれたって……」

「そうできたらいいのだが――君をお茶会でこうして味わうのが、何よりもの楽しみになってしまったものでね。これも運命だと思ってあきらめてくれたまえ」

「……何も……お茶会でなくたって……」

そう、お茶会でなくても……彼は時を選ばず私を求めてくる。

朝も昼も夜も――それを思うだけで恥ずかしくて恥ずかしくて死にそうになる。

こんなにも誰かに渇望され、貪られることになるなんて――思いもよらなかった。

せめてお茶会という露出系はちょっと控えてもらえるとありがたいのだけど……。

そんなささやかな願いすら彼は却下する。

他の願い事なら、どんなことでも全力で叶《かな》えてくれるのに……。むしろ、やりすぎというくらい。

「どうやらウサギの悪趣味に感化されてしまったようだ」

「……そんな……あんな駄目ウサギに感化とか……やめておいたほうが……」

「そう、あんなウサギごときに恥ずかしいところを見られるかもしれない。そう思えば思うほど、君は感じてしまうだろう?」

「――っ!?」

彼の鋭い指摘にハッとする。

思わず目を瞠《みは》った私に余裕めいた微笑《ほほえ》みを向けると、彼は色香溢れる渋い声で歌うように言葉を紡ぎ出した。

「アリス、私の目をごまかすことはできない――諦めたまえ」

その言葉はまるで淫らな処刑の宣告のように私の胸に響きわたる。

彼は再び私の秘所へと顔を埋めた。

そして、肉核を唇で挟み込むと、今度は甘噛みを始める。

「っう……あ……あぁ……っく……」

直接的な愛撫《あいぶ》からうって変わって間接的なものへと転じ、焦れに焦らされ腰がクッと宙に浮いてしまう。お茶のせいで熱をもった唇を感じながら私はテーブルの上で乱れのたうつ。

それを彼は愉《たの》し気《げ》な口調で揶揄《やゆ》してきた。

「やはり、『召し上がれ』と言わんばかりの反応だが――違うかね？」

「……う、うぅう」

断固として拒絶したいのに、甘噛みされながら時折舌先で感度の塊を弾《はじ》かれるたびに抵抗力を奪われてしまう。

緩急をつけた意地悪かつ繊細な愛撫はいかにも彼らしくてもどかしい。

そんな心とは裏腹に、早くも心身はくるおしいほど淫らに燃え上がっていく。

「……っ、っく……あ……あぁ……そこ、だ、駄目……」

「女性のノーは往々にイエスであることが多いもの。もっといじめてあげよう」

「ち、違う……わ。そんなこと……言ってない……のに……」

「素直じゃないな。身体はこんなにも素直なのに――」

そう言うと、彼はすぐ傍《そば》にあるペパーミントのクリームを上に載せたカップケーキを手にとった。

そして、上に載せられたクリームを長い指先で掬《すく》い取《と》ると、それを私の肉芽へと塗り付けてきたのだ。

「きゃっ⁉　あああぁあああ！」

思いもよらなかった責めに、たまらず私は喘《あえ》ぎあえぎ叫んでしまう。

う、嘘《うそ》でしょ⁉　そんなところに……まさか⁉

相変わらずな彼の予想もつかない行動に翻弄される自分がうらめしい。

「や……いやぁ……」

苦悶《くもん》の表情で身をよじる私を、彼は愉《たの》しげに眺めながら再び紅茶のカップに口をつけ、嗜虐をあらわにしたまなざしを差し向けてくる。

余興か何かを満喫しているような態度がくやしい。

敏感な肉芽がミントの刺激にさらされている私にはとてもそんな余裕は残されていないというのに。

冷たい吐息をずっと吹きかけられているような感覚に内腿の痙攣《けいれん》が止まらなくなってしまう。

「……や、やめ……て。これ……とって……ください……」

飄々とした態度で、私にやりたい放題な彼への悔しさをねじまげて懇願する。

すると、彼は目を眇《すが》めて、勝ち誇った微笑みを浮かべた。

「君のお願いならば仕方ない。君は私にとって特別な食客なのだから――」

「え？」

ついさっきまでは私がどんなに懇願しても却下してきたのに？

うって変わった彼の態度に嫌な予感を覚える。

と、その予感はすぐに的中した。

彼は私の腰を本格的に抱え込んだかと思うと、ミントのクリームを塗った肉芽を強く吸い上げてきたのだ。

「ひっ⁉　きゃぁっ！　あぁあっ！　いやぁあああぁあっ！」

鋭い嬌声《きょうせい》が庭に響きわたる。

「やっ！　やぁあっ！　そ、それっ！　だ、駄目ぇええっ！　あぁ、やぁあぁあ！」

あられもない声を振り絞りながら、私は彼の舌から必死に逃れようともがくも、そうすればそうするほど、獰猛《どうもう》な牙をむき出しにした彼に食べられてしまう。

確かに「クリームをとって」とは言ったけれど、けしてこういう意味じゃないのに！

またしても彼の罠《わな》にかかってしまった自分を呪う。

私の了解をとりつけた彼は、執拗《しつよう》なまでに私を貪り続ける。わざと淫らな音をたてながら顔を左右に動かし――あまつさえ秘所に指まで挿《い》入れてくる。

「ひっ！　あっ……ああ！　ン……あぁ……」

彼の細くて長い指が、淫らな音を立てながら蜜壺を掻《か》き回《まわ》してきては、腹側の弱い箇所を抉《えぐ》ってくる。

尿意と快感とを同時に強要され、さらなる深い絶頂へと追い詰められていく。

狩人《かりうど》と化した彼は、情け容赦なく私をどこまでも貪る。

きっとたぶん今日も気絶するまで終わらないに違いない。

と、そのときだった。

庭のアンティークの置き時計が、三時を知らせる鐘を鳴らした。

ああ、とうとうお茶会の時間になってしまった。

どうしよう。あの神出鬼没の招かれざるウサギがやってくるかもしれないのに——

彼のことだから、気を使って事が終わるまで待つだとかいった選択肢はまずありえない……。

ひややかな目でお茶を飲みながら鑑賞するか、面白がってちょっかいを出してくるか。

まあ、後者は彼が絶対に認めないだろうから安心か——

って、全然安心じゃないっ！

ウサギや彼に感化されてか……私の感覚までおかしくなっているような気がしてならない。何せこの世界の住人たちの「普通」は私のそれとは違いすぎる。

いまだにヘンテコな夢を見ているのではないかと、何度も疑ってしまうほど。

と、そのときだった。

彼が不意に蜜に濡れた整った顔をあげると、私の耳元に意地悪な声で囁《ささや》いてきた。

「——さあ、ウサギに見せつけてあげたまえ。君がどれだけ私を感じているか」

「ああああっ！　い、言わない……で……そんな、こと……」

思わず力んでしまい、奥をまさぐってくる彼の指を力いっぱい締め付けてしまう。

「彼に見られると思っただけでこんなに甘えてくるとは——妬《や》けてしまうな」

色っぽい渋い声は、性質《タチ》の悪い媚薬《びやく》のように私を酔わせていく。

「ち……違……あ、あ、あぁぁああっ⁉」

弁解しようと口を開くも、それより早く膣内に埋め込まれた指の本数が増やされた。

力いっぱい奥を穿《うが》ち始めて、たまらず引き攣《つ》れた嬌声をあげてしまう。

「やぁっ⁉　あぁ、や……だ、駄目……そ、そんな……いっぱ……い……あぁ、あぁああっ！」

濡れた恥ずかしい音と淫らな喘ぎ声とが周囲の静寂を破り、よりいっそう私の羞恥心を煽《あお》り立《た》ててくる。

ウサギに見られるよりも、くしゃくしゃに歪《ゆが》む汗に濡れた顔を彼に間近で見られているほうがよっぽど恥ずかしいのに――

そう目で訴えかけるも、彼は気づいていないフリをする。

本当は気づいているくせに……。

そうでなければ、こんな風に絶妙なタイミングで男の色香溢れる声で囁いてきたり、鋭い視線で私を犯してきたりするはずがない。

私が何を感じて、どう反応するか――きっと彼はすべて把握している。

愛撫されるたび、抱かれるたびにそう思い知らされる。

彼に全てを支配されているという強烈な感覚は、私の被虐心と雌の本能をたちまち剝《む》きだしにしてしまう。

「ああ、いい声だ。もっと淫らに啼《な》きたまえ」

「やっ……ン……いやぁ……あぁ……」

必死に口元を両手で覆うも彼に指を解かれ、反対に彼の指を挿入《い》れられた。

「うぁ……あぁ……んぁ……や……あぁああ、も、もう……ンンン……」

涎《よだれ》が口端から伝わり落ちてきてしまう。

彼の指に舌を弄ばれながら奥を指で抉られるだけでどうしようもなく心身が昂《たかぶ》る。

指の抽送はよりいっそう鋭さと激しさを増してきて、全身に巡らされた愉悦の糸が、限界にまで張りつめる。

「もっ、もう……やぁ……つめ……ぇ……ああっ、あああぁ！」

呂律《ろれつ》が回らなくなるも、逼迫《ひっぱく》した悲鳴混じりの声で絶頂寸前であることを訴える。

「――思う存分イキたまえ」

息を弾ませた彼が私の耳元に囁いたかと思うと、自重をかけて最奥を穿つと共に指を激しく振動させた。

「あぁあぁあぁっ！　ん、あ、あぁあぁあっ！」

子宮口にダイレクトに淫らな震えが伝わってきた瞬間、私はぎゅっと目を閉じると、息も絶え絶えになりながら絶頂の高波に身を委ねた。

突っ張った手足の先まで、恐ろしいほどの愉悦が爆ぜていく。

彼の指を渾身《こんしん》の力で締め付けてしまい、同時に身体の奥から熱い蜜が外へと迸《ほとばし》り出てきてしまう。

「う……あ……あ……あぁ……」

強制的に絶頂させられた私は、全身を小刻みに痙攣させながらうなだれる。

すると、そんな私を慰めるかのように彼がまぶたに優しいキスを落としてきた。

柔らかで湿った感覚に胸がときめく。

彼こそが私をこんないやらしい目に遭わせてきている張本人なのに――慰めるくらいなら行為を中断してくれればいいのに。

矛盾した行為に混乱しながらも、彼に甘えたくなってしまう。

息を切らしながらうっすら目を開くと、すぐ傍に彼のオッドアイがあった。

恥蜜で前髪が濡れて、いつもは隠しているほうの赤い目もいとおしげに私を見つめてきているのが分かる。

黒水晶のような瞳とルビーのような瞳……なんてきれいなんだろう。曇りなくどこまでも透き通っている。

思わず、自分の置かれた状況も忘れて見入ってしまう。

「――可愛いアリス。君なしのお茶会はもはや考えられない」

低い声で甘く囁かれるだけで、身体がびくっと大仰なほど反応してしまう。

「で、でも……こんな……くるったお茶会……おかしいです……」

羞恥を強要されたことに対してせめて一矢でも……という思いで気丈に反論してみるも、彼は少しだけ寂しげな微笑みを浮かべて肩を竦《すく》めてみせるだけ。

その憂いを帯びた表情が気になってしまい、今の言葉はもしかしたら失言だっただろうか？　と、罪悪感に駆られてしまう。

って！　私は悪くないし！　私は彼の被害者で……彼こそが加害者なはずなのに。

矛盾しているのは彼だけじゃない。

私もだ。

いつからだろう？

きっと最初に唇を奪われたときから――

駄目だと思いながらも、惹かれずにはいられなかった。

どうしたらいいのだろう？

この先、ハッピーエンドが待ち受けているとはとても思えない。

途方に暮れてしまう私。

その頬《ほお》を彼の大きな手がやさしく包み込んできた。

「……アリス、くるおしいほど君を愛している」

熱を帯びたミステリアスなオッドアイに見つめられながら、ゆっくりと唇を重ねられていく。

顔を背けようと思うのに、身体が思うように動かない。

恋人同士のキスを受け入れるときのように、自然とまぶたが閉じていく。

先ほどの行為が嘘のように紳士的なキスに酔わされる。

心地よい。

何もかもがどうでもよくなってきて——彼のしでかすとんでもない行為ですら許してしまいそうになる。

ああ、本当にズルい。

大人のズルさと……少年のようなひたむきな情熱と奔放さを同時に自分の中に飼いならしているなんて。

一回りも離れた年の差といい経験不足といい、私なんかが彼に敵《かな》うはずもない。

きっと彼の思うがまま、貪られ続けてしまうのだろう。

淫らなくるおしいお茶会。

その行く末は……私にも彼にもまだ分からない。

第一話　夢のような悪夢のようなお茶会

「はー……幸せ……」

私はアールグレイの紅茶の香りに包まれて、至福のひと時を味わっていた。

今日は待ちに待った日曜日——月曜から金曜までは仕事漬けで、土曜はその疲れを癒《いや》すべくひたすら寝まくった後で一週間分の家事や掃除を一気に済ませて……と、わりとバタバタしているため、こんな風にお茶を楽しむ余裕はない。

だから、日曜の早朝、狭いベランダながらお隣の立派なお庭を借景に、dean&deruca でちょっと奮発して買ってきたとびっきりおいしいスコーンをお供に、これまたとっておきの茶葉を丁寧に淹れてお茶の時間を楽しむのが私のささやかな贅沢。

というか、もうこれは昔からの習慣みたいなもので、一人暮らしをするようになってもいまだに続いている。

さすがに昔のように毎日というのは難しいけれど、どんなに忙しくてもお茶の時間は大切にしたほうがいいって言われていた理由がようやく分かってきた。

こうして丁寧にお茶を淹れて楽しんでいると、あれだけ普段せわしなく過ぎていくだけの時間の流れが嘘のようにゆったりとしたものに感じられる。

やっぱり何事も先達《せんだつ》に倣《なら》えとはよく言ったものだ。

昔を懐かしく思い出しながら、私はひんやりとした朝の空気を胸いっぱいに吸い込んだ。

すがすがしい思いで、ビーズ刺繍《ししゅう》の続きにとりかかる。

素敵な刺繍が施された布を切り取って、その周囲をビーズで縁取るだけの簡単手芸だけれど、達成感もあるし没入できるし長らくハマっている。

これもやっぱり昔からの習慣みたいなもので、やっぱり以前はその良さがあまりよく分かっていなかったけれど、刺繍に没入すると仕事で溜まったストレスが溶けて消えていくことに気付いてからというもの、断然のめりこむようになった。

学生時代はストレスもたいしたことはなかったけれど、社会人ともなるとさすがにそうはいかない。加えて、私の勤める小さな広告会社は、人手不足も相まって企画のみならず営業やラフ作業などなんでもこなすのが当たり前。

飛び込み営業とかも当然のようにやらねばならず……どちらかといえば体育会系とは正反対、あれこれ思い悩むタイプの私にとっては荷が重い……。

つくづく営業って向いていないなあと思いながらも、他に仕事のアテがあるわけでもないし……生活するためには仕方ないと割り切ってなんとか勤続五年目。

さすがにストレスも積もり積もってシャレにならないことになっていて、だからこそ、せめて日曜のお茶の時間は大切にしなければと思っている。

本当は、いつか好きなことを仕事に――

ちょっとしたイートインスペースも備えた小さな雑貨屋さんでもできたらいいのに。そこでお茶を楽しんでもらって、一点ものの手作り雑貨をゆっくり選んでもらえたらいいのに。

そんな夢をもってはいるものの、なかなか踏んぎれずにいる。

資金不足というのもあるけれど、一番の理由は度胸不足なんだろうなとはうすうす感じている。

でも、度胸なんて、そもそもどうやって身に着けるものなんだろう？

もちろん学校じゃ教えてくれるわけもなく、家庭でも学ぶ機会はもっとなくて——とりあえず、なんとなく滑り止めで受けた地元の大学に、やはりなんとなく通って卒業して、適当に地元の会社に就職して今に至る。

全ては、いずれ夢を実現する資金をまずは貯《た》めるためと自分に言い聞かして。

「——度胸かあ……」

針を進める手を止めて、ため息をつく。

と、そのときだった。

「度胸をつけるなんて簡単ですよ。人間っていう生き物は、頭であれこれ考えてしまうから簡単なことでもいちいち難しくしてしまうだけのこと」

「え？」

不意に淡々とした口調かつ早口で言われ、驚きに顔をあげる。

と、声のしたほうに、長身ながら線が細く、耽美《たんび》な顔立ちの男性が、しかめっ面で手首を押さえているのが目に飛び込んでくる。

真っ白な燕尾服《えんびふく》にサラサラな長い銀髪をゆるい三つ編みにしている。

その銀髪からは、白い……ウサギ耳が……って、えええええええええっ⁉

「っちょ⁉　う、ウサギっ⁉」

驚くあまり、頭の中の言葉が口をついて飛び出てきてしまう。

その言葉はどうやら彼の気に障ってしまったらしく、彼はムッとした表情をした。

「失敬な。どこをどう見たら吾輩《わがはい》がウサギに見えるのですか⁉」

「あ……いや、その……って、耳でしょ⁉　耳！」

「これは耳ではない。ただの飾りのようなもので――現に人としての耳もほら、こちらにきちんとあるでしょう！」

ああ、飾り……なんだ？　ってことはつけ耳みたいなものだってこと？

逆に安心するも、その自称飾り耳は本物のウサギのようにピクピクっと動いていたりして気になって仕方ない。一体どういう作りになっているんだろう？

最近のコスプレってすごすぎ。

目もカラコンでもいれているのだろうか？　真っ赤だし。

こんな早朝に、まさかのコスプレウサギ耳美青年（ビジュアル系）と出くわすなんて思いもよらなかった。何かの罰ゲームか、そういう趣味なのか？

っていうか、ここマンションの三階だし⁉　いつの間にベランダに上ってきたんだろうか？　早朝トレーニングにしてはさすがにちょっと無理がありまくりだし……ってことは、いわゆるまさかの不審者⁉

ぎょっとした私の胡散臭《うさんくさ》いものを見る視線に気づいたらしく、彼はとってつけたかのような微笑みを浮かべると胸に手をあてて私に一礼した。

「けして怪しいものではありません。吾輩の名はブランシェ・ラパン。ただの通りすがりの紳士です。以後お見知りおきください」

「………」

いや、自称紳士とか、かえって怪しすぎるし！

よりいっそう私のまなざしが疑惑の色を帯びるも、彼は我関せずといった風に胸元に鎖で下げた懐中時計を確認して、早口気味に一方的に会話を進めていく。

「——とりあえず話を本題に戻すとしましょう」

「え？　い、いつ本題に⁉」

「貴女《あなた》の事情はこの際どうでもいいのです。ただ彼はきっと貴女を気に入るでしょうし、貴女には問答無用に度胸がつきますし、w・i・n‐w・i・nってことでいいですね？」

「……ええぇ？　な、何がうぃんうぃん？」

「はいはい、というわけで、まずはとり急ぎ死んでもらいましょうか」

「っ⁉」

今……なんて⁉　まずは取り急ぎ……ってどういうこと⁉

ワケも分からず混乱する私に向かって、彼はパチンと指を鳴らした。

すると、いきなり私の身体がふわりと宙に浮きあがる。

「っきゃあぁあっ！」

な、何コレ⁉　手品か何か⁉

慌てふためいた私は、咄嗟《とっさ》にどこかにつかまろうと手を伸ばすも、むなしく宙を空振るだけ。

挙句、空中でアンバランスにぐらりと身体が傾《かし》いだかと思うと、ベランダの柵を越えていって——

そこでいきなり浮遊感が失われた。

「——っっっっ⁉」

恐怖のあまり、悲鳴も喉の奥に張り付いて出てこない。

嘘⁉　私、まさかこのまま死ぬの⁉

胃が浮き上がるような感覚の後、ベランダに立ったまま冷徹に私を見下ろすウサギ男の姿がみるみるうちに遠のいていく。

って、何をのんきに手を振っているわけ⁉　人殺しっ！

ああ、駄目だ。これはさすがに死ぬ。三階から落ちて無事なはずがない。しかも、頭からまっさかさまだなんて。

階下のコンクリートの地面に叩《たた》きつけられて頭が潰れる瞬間——

視界がフェイドアウトして意識がぷつりと途切れた。

まるで、到底受け止められない厳しい現実から、意識を無理やり切り離さずにはいられなかったかのように。

※　※　※

「…………」

涼しい風が汗ばんだ額を通り過ぎていく。

ああ、気持ちいい……。

うっすら目を開くと木漏れ日がちらついていて、そのまぶしさに手の甲で顔を庇《かば》いまばたきする。

辺り一帯は静けさに包まれていて、葉がさらさらとこすれ合う音だけが、まるで小声で楽し気に囁き合っているかのように聞こえてくる。

ここはいったいどこなんだろう？

ふかふかの芝生に仰向《あおむ》けになった状態で、私はしばし考えを巡らせる。

と、そのときだった。

不意に紅茶のかぐわしい香りが鼻をくすぐってきて、私は弾《はじ》かれたように身体を起こした。

なんて素敵な香りだろう！　きっとものすごく珍しい茶葉に違いない。

私はふらりとその場に立ち上がると、紅茶の香りに誘われるようにして芝生から抜け出し、その先にある茂みをかき分けて行く。

だけど、ウチの近所にこんな茂みなんてあったっけ？

そもそも、ベランダでいつものようにお休みの朝のティータイムを満喫していたはずなのに……。

そこまで考えた次の瞬間、真っ赤な目にモノクルをかけたウサギ耳男の冷笑が脳裏にフラッシュバックした。

「——っ!?」

そうだ！　あのヘンテコなウサギ男！

私に奇妙な手品か何かをかけて、ベランダから情け容赦なく放り投げたアイツ！

そう、私は……ベランダから転落した……はず……。

「っ！」

異様な浮遊感と凄《すさ》まじい勢いで落下していったときの記憶が生々しく蘇《よみがえ》ってきて、私はその場に棒立ちになる。

「………」

吐き気を覚えて口元を覆うも、その手まで大げさなほど震えてしまう。

マンションの三階から落ちてただで済むはずがない。しかも、確か頭から――

普通に考えて、無傷なんてことはまずありえない。

ってことは、もしかして、私は死んでしまったとか⁉

それで、ここは死後の世界……とか？

いやいや、嘘でしょ⁉　そんなのありえない。ありえるはずが……。

全力で否定しようとするも、完全に否定できなくて立《た》ち眩《くら》みを覚える。

と、そのときだった。

私の耳に重く響く男の人の声が届いた。

「誰か――そこにいるのかね？」

「っ⁉」

声は茂みの先から聞こえてくる。

その警戒の色が滲んだ声に、もしかしたら今度は私が誰かに不審者だと勘違いされているんじゃ？

と、ようやくパニック状態から解放されて我に返る。

と、とりあえず、今しなくちゃならないことだけに集中することにしようと思い直して茂みの向こう側に言葉を返した。

「す、すみません……あ、怪しいものじゃありませんっ！」

いやいや、めちゃくちゃ怪しいしっ……と、内心自分に突っ込みを入れながら、足早に茂みを掻《か》き分《わ》けて、声がしたほうへと進んでいく。

果たして、その先には手入れの行き届いた広大な庭が広がっていた。

「……………」

色も形も様々な薔薇のアーチに囲まれた見事な庭園に、私はしばし言葉も忘れて立ち尽くす。

薔薇の甘い香りに包まれて、一瞬眩暈《めまい》すら覚える。

庭園の中央は長方形の広場のようになっており、同じく長方形のテーブルが置かれていた。その長辺に等間隔に立派な背もたれを持つ椅子が並べられている。

テーブルには真っ白なクロスがかけられていて、その上にはいかにも高価そうなティーポットや揃《そろ》いのティーカップ、見た目にも美しいスイーツの数々をのせたトレーや磨き抜かれたシルバーカトラリーが整然と並べられていて、うっとりと見入ってしまう。

なんて素敵なお茶会――まるでおとぎ話に紛れこんだかのよう。

きっと貴族のサロンとか、こういう感じに違いない。

お茶とお菓子と会話を楽しみながら優雅に語らう紳士淑女の姿を想像して、ため息をついてしまう。

でも、席についているのはたった一人だけ――

それは、シルクハットにフロックコートを着た見目麗しい紳士だった。

シルクハットの下には、すっと通った鼻梁《びりょう》に切れ長の目が輝いている。

長めに伸ばした前髪が片方の顔を覆っていて、どことなくミステリアスな雰囲気を漂わせている。

ビジュアル系の美男子が、年を重ねて大人の男性の渋さと色香を身に着けたら、きっとこんなセクシーな紳士になるに違いない。

てっきり、紳士なんてファンタジーか絶滅危惧種の類だとばかり思っていた。

まさかこんなに素敵な紳士が実在していたなんて……。

ただのイケメンには到底醸し出せないような酸いも甘いも知り尽くした大人の余裕を感じさせる彼の空気に圧倒されながらも見入ってしまう。

と、そのとき、物憂げに伏せられていた彼の目と私の目とが合った。

「――っ⁉」

私に気づいた紳士は、低い声で何事か呟《つぶや》き愕然《がくぜん》とした表情でその場から立ち上がると、大きな宝石をあしらったステッキを手に足早に近づいてきた。

えええっ⁉　ど、どうしたって言うんだろう？

な、何か……様子がおかしいような？

まさかの紳士の反応に私はたじろぐ。

「あ、あの……す、すみません……いつの間にかお庭に迷い込んでしまったようで……他意はなくてただの迷子ですから、すぐにおいとましますから……」

早口でまくしたてるように言い残すと、そのまま回れ右をして脱兎《だっと》のごとく逃げ出そうとする。

しかし、そんな私を彼は背後からいきなり強く抱きしめてきた。

「……えっ⁉」

耳元に何か囁かれたけれど、聞き取ることはできなかった。

何が自分の身に起きているかも分からず、私はただその場に固まったまま立ち尽くすことしかできない。

彼の身に着けている香水と男らしい香りとが混ざりあって私を包み込んできて、胸が熱くざわめいた。

「――会いたかった」

情熱を押しとどめたかのような低く色っぽい声色が耳元で震えた。

刹那、全身の骨が抜かれてしまったかのように私は脱力してしまう。

ああ、駄目……この声は危険すぎる……。

彼の声が鼓膜を通して、身体の奥底へと沁《し》みていくかのような錯覚に捕らわれ、ぶるりと身震いする。

彼は、力の抜けきってしまった私を後ろへと振り返らせた。

整ってはいるけれど、どこか苦悩を滲ませた顔がゆっくりと近づいてくる。

なんてきれいで不思議な目。

黒水晶のような瞳と前髪越しに垣間見えたルビーのように真っ赤な瞳から目が離せなくなる。

オッドアイなんて初めて。

だけど、どうしてそんなにもつらそうで悲しそうな光を閉じ込めているのだろう？

その双眸《そうぼう》を見つめていると、ワケもなく胸が詰まる。

後ろ髪を引かれながらもそっと彼から視線を逸《そ》らすと、一瞬遅れて柔らかな感覚が唇に舞い降りてきた。

「……っ⁉　ン……」

くすぐったいような心地よいような感覚の後、かぐわしい紅茶の香りと彼自身との香りが混ざり合い媚薬のように私を誘惑してくる。

ああ、これは……紅茶の中でも特に強い甘い香り、マスカテルフレーバー。高級なダージリンティーだとすぐに分かる。

だけど、どうして私……彼にキス……されてるの⁉

心臓がくるったように暴れ出して、頭の中が真っ白になる。

が、戸惑う間にも、さらに柔らかで滑らかな感覚が私の唇の中へと侵入してきた。

「っ⁉　ンン……ン……ぅ……⁉」

こわいほどの甘い快感が脳に鋭く突き刺さる。

な、何……コレ……こんなキス……知らない……。

舌が雄々しくうねっては私の舌へと絡みついて、執拗なまでに貪ってくる。

逃れようとしても、彼の舌はまるで狩人のように私のそれを追い立ててきて情熱的に吸われてしまう。

そのたびに身体の奥が熱を帯びていき、頭がぼうっとなる。

こんなに貪られてしまうと、なんだかおかしな心地がして……腰のあたりが落ち着かない。

こんなにも官能的なキスがこの世に存在するなんて……。

大げさでなく素直にそう思う。

キスだけなのに……信じられないほど身体が甘く痙攣してしまい、気づけば抵抗することも忘れて

彼に舌を捧《ささ》げていた。

彼の舌が執拗なまでに絡みついてきたかと思えば、舌先で舌の付け根を強めにしごかれて……怯《ひる》んでいるうちに歯茎をなぞられて……。

唇が、舌が……こんなにも敏感だなんて今まで知らなかった。

怖いほど情熱的な――彼の大人のキスに、瞬く間に身も心も蕩《とろ》かされていく。

息がしづらいほど口中を貪られ続けて喘ぎあえぎ息継ぎをしようとするも、すぐにまた強引に舌を奪われてしまう。

まさか……そんな、キスだけで……とか、嘘でしょ!?

信じられない思いで心身共に昂《たか》ぶっていく。

とろみのついた唾液で満たされた口中を攪拌《かくはん》されて、口端から涎がだらしなく伝わり落ちてきてしまうのも、自分ではどうすることもできない。

「ンン……っん……っふ……ンン……」

気が付けば、私も夢中で彼の舌を求めてしまっていた。

唇を重ね合わせて舌を奥深くへと差し込んでは、彼の舌にすがるように絡めていく。

息が淫らに弾み、心臓が早鐘を打ち続けている。

これ以上は……さすがにもう……無理っ。

そう思った次の瞬間。

一際私の舌は強く吸い立てられて、彼の口中に持っていかれてしまう。

「ンっ!?　ンンンンッ！」

刹那、私は鋭くくぐもった嬌声をあげながら昇りつめてしまった。

全身に淫猥《いんわい》な電流が走り抜け身体の奥深くが収斂《しゅうれん》したかと思うと、恥ずかしい蜜が堰《せき》を切って溢《あふ》れ出てきてしまう。

「ン……ン……ンンぅ……」

下着が濡れてしまうのを感じながら、私はうわずりきった声を洩《も》らして全身を弛緩《しかん》させた。

限界まで張り詰め切っていた緊張から解放され、愉悦の波間にたゆたう。

そんな私の身体を彼は背後からしっかりと抱きしめて支えてくれる。

うっすらと目を開くと、オッドアイはまだすぐそこにあった。

どこか思いつめたようなひたむきなまなざしに胸が甘くしめつけられる。

ややあって、彼は、ゆっくりと私の唇を解放した。

互いの唇にアーチを描く唾液の糸が宙に消えていく様がものすごくいやらしく見えて、いまさらのように恥ずかしくなる。

素敵な紳士に唇を奪われた挙句……達してしまうなんて。

どうか気づかれませんようにと願うも、きっと見抜かれてしまっているに違いなくて、羞恥のあまり悶《もだ》え死にそうになる。

だが、そんな私とは裏腹に、彼は落ち着き払ったまままため息交じりに呟いた。

「……私とあろう者が……君には非礼を詫《わ》びねばなるまいな」

「……え？」

「あまりにも似ていたもので——申し訳ない」

「あ……は、はい……」

え、えっと……今のやりとりからすると、どうやら人違いだったみたい？

まあ、うん、そうなことだろうなとは思っていたけど……やっぱりそうかー……。

安堵《あんど》すると同時に地味にへこむ自分もいたりして……自分でも驚く。

っていうか、あれだけ淫らなキスをされた後でこんな風に謝られてもかえって立つ瀬がないっていうか……余計恥ずかしくなって、すぐさま逃げ出したくなる。

「な、なんか……すみません……」

「なぜ君が謝るのかね？」

「……いえ、なんとなく」

「私に気を遣わずともいい。君は優しい女性《ひと》なのだな――」

「や、そういうワケでもないんですが……」

なんだかものすごく好意的に捉えてくれているようだけど……私はごにょごにょと口ごもる。

だって、正直な話、こんなにも立派な紳士と地味な私とじゃ、あまりにもつり合いが取れなさすぎる。

例えるなら、超一流のハリウッド俳優が名もないエキストラ、いや、そこらへんの一般人にいきなりキスをしたようなもの。

そりゃ、申し訳なくも思ってしまう……。

だが、彼はそんな私に構わず、熱を帯びた視線を差し向けてくる。

「不思議だな。とても初対面とは思えない――私はレーヴィス・キング・ハッター。さしつかえなければ、名前を教えてくれるかね？」

「え、えっと……森山有栖といいます」

「あまり聞かない珍しい名だ。モリヤマと呼ぶべきか、それともアリスと呼ぶべきか」

「……あ、アリスで」

思わず口をついて出てきた言葉に私は赤面する。

家族以外に下の名前で呼ばれるとか今までなかったし、ちょっとだけいいなと憧れてはいたけれど、さすがに初対面の紳士にそんな風に呼ばせるなんて調子に乗りすぎじゃ⁉ と、慌てて前言撤回しようと口を開く。

しかし、それよりも彼の返事のほうが早かった。

「アリスか――いい名だ。ぜひそう呼ばせてもらおう」

「えええっ⁉ い、いいんですかっ⁉」

「ああ、私のことはレーヴィスとでもハッターとでも好きに呼んでくれたまえ」

「……っ⁉」

まさかの快諾&呼び捨てOKとかっ⁉

私は自分の耳を疑うも、舞い上がってしまう。

いやいや、日本じゃ呼び捨てって気の置けない者同士がするものだけど、外国じゃフツーだし……なんの他意もないから！

そう自分の胸にツッコミをいれるも、変な動悸《どうき》までしてくる。

っていうか、ああいうキスも……初対面の相手にするものなのだろうか？

いくら外国だとはいえ……さすがにちょっと違うような気がする。

あああっ、駄目駄目！　キスのことを思い出すだけで全身の血が沸騰してしまう。

私は慌てて頭の中からその考えを追いやると、呼び名の問題へと考えを戻した。

レーヴィス？　それともハッター？　どちらで呼んだらいいんだろう？

胸の内で試しに両方の名で呼んでみるも、どうにもくすぐったいような恥ずかしいような申し訳ないような気持ちに駆られてしまって落ち着かない。

「そ、それじゃ……レーヴィス……さんで……」

やっぱり、いきなり呼び捨てはハードルが高すぎる。

つい語尾に「さん」を付けてしまったヘタレな自分が情けない。

でも、ホント紳士の免疫もないし、これだけでもいっぱいいっぱいだ……。っていうか、紳士の免疫とかあってたまるかっていう……。

それにしても……あんなに激しいキスの後に改めてこうやって自己紹介をし合うなんてなんだか変な感じ。

まだまだ心臓は落ち着きそうもなく、早い鼓動を轟《とどろ》かせている。

「てっきり、面倒なウサギだとばかり思っていたが――」

ため息を一つついていったん言葉を切ると、レーヴィスさんは私の手をとった。

「アリス、我がお茶会にようこそ――」

シルクハットを外して胸元にあてると、うやうやしく一礼してから手の甲に口づけてくる。

「――っ!?」

さっき唇に感じていた柔らかな感触を生々しいまでに思い出しながら、思わずびくっと大げさなほど反応してしまう。

どうしてこんなに些細《ささい》な所作一つひとつがエレガントで色っぽいんだろう。

ひょっとしたら彼の存在そのものが媚薬のようなものなのかもしれない、なんてひそかに疑う。

ただ、さっきの彼の言葉に出てきた「面倒なウサギ」っていうのがビミョーに気になるところだけど……。

銀髪に赤い目のウサギ男の冷ややかな表情を思い出して、いまさらのように腹がたってくる。

ああ、もう……ドキドキしたり、イライラしたりと、やたら心が忙しい。

でも、なんだかこういうのはものすごく久々な気がして懐かしくも思える。

ぶっちゃけ学生時代ぶりかもしれない……。

って、どんだけ枯れた社会人生活を送っているんだっていう……。

「しかし、なぜこんなところに迷い込んだのかね？」

「さあ……それが私にも分からなくて……気が付いたら向こうの芝生で倒れていて……一体何がどうなってるのか……さっぱり……」

コスプレウサギ男にベランダからいきなり突き落とされて……気が付けばここにいたなんていう詳細な事情を話したところで、きっと頭がどうかしてしまったのだろうと思われてしまいかねないので適当に話を端折《はしょ》る。

本当は彼の言うウサギとあのウサギ男が同一人物か、ものすごく確かめたかったのだけど、今はちょっともろもろキャパオーバー気味。

もう少し落ち着いてから改めて尋ねてみたほうがいい。

「本当の本当にけっして怪しいものじゃなくて、素敵なお茶の香りに誘われてフラフラとここに迷い込んでしまっただけなんです。本当です。信じてください」

とりあえず、なんとか不審者と間違われないよう、必死に説明を続ける私に彼は甘く微笑みかけてくれた。

「なるほど、事情は分かった。君を怪しんではいない。安心したまえ」

「……ありがとうございます」

ホッと胸を撫《な》で下《お》ろす私に、レーヴィスはいたずらっぽく目を細めて尋ねてきた。

「ところで――紅茶は好きかね？」

「はい！　それはもうっ！」

思わず、思いっきり本音が口から零《こぼ》れ出てしまい慌てて口を塞ぐ。

「……す、すみません……つい……」

「いや、結構。もし、よかったら一緒にお茶でもいかがかね？」

「ええっ⁉　い、いいんですか⁉　こんな立派なお茶会に、私なんかがいきなり飛び入り参加してしまっても⁉」

願ってもないお誘いに、やっぱり前のめりに反応してしまって軽く死にたくなる。

あああ、もう……こういう場合は、ちょっと気取って「まあ、ありがとうございます！」なんてお礼を言っておけばいいだけなのに……。

恥ずかしくて恥ずかしくて顔が熱く火照る。

しかし、レーヴィスさんは変な顔一つせず、あたたかな微笑みをたたえたまま私の手を自分の腕に絡ませて、「もちろんだ。歓迎しよう。アリス」とだけ言ってくれた。

なんだろう……この安心感。

飾らなくたっていい。自然体でいい。

まるでそう言われているかのような感じに既視感《デジャヴ》を覚えて、鼻の奥がツンと痛くなる。

さっき彼が「とても初対面とは思えない」って言っていたけれど、まさにそれと同じような気持ち。

なんだかものすごく懐かしい気がする。こんなことってあるんだ……と、驚きを隠せない。

とりあえず、ようやく少しだけ落ち着きを取り戻すことができた私は、レーヴィスさんに彼の隣の席へとエスコートされた。

「さあ、どうぞ。座りたまえ——」

彼が椅子を引いてくれ、座るように促してくれる。

丁重な扱いがなんだかくすぐったくて、私は照れ笑いをしながら椅子に腰かけた。

「そ、それじゃお言葉に甘えて。お邪魔します……」

私が腰を下ろす絶妙なタイミングで彼は椅子の背を押してくれた。

それから、パチンと指を鳴らす。

すると、どこからともなく、だぶだぶの執事服を着た小人たちが、さまざまな茶葉の缶と銀のポットを載せたワゴンを引いてやってきた。

って……こ、小人ぉおおお⁉

思わず私は目をこすって二度見した。さすがにこれは見間違いじゃないかと——

だけど、見間違いじゃなかった。

耳も鼻も長くてとんがっていて……本当におとぎ話の挿絵に描かれているまんまの小人たちが、目の前でお茶の準備を整えてくれている。

ものすごい特殊メイクかもしれない……と、とりあえず瞬《まばた》きも惜しんでじっと観察してみるも生身にしか見えない。

「…………」

え、えっと……ひょっとしたら……と、ちょっとだけ疑ってはいたのだけど……私、へんてこな世界に飛ばされちゃった、とか⁉　そう、いわゆる異世界だとか並行世界《パラレルワールド》とかいう類の……。

そんなのありえるはずがないと否定したくても、それじゃ目の前でお茶の準備をしている小人たちの説明がつかない……。

いや、ちょっともうそういう厄介そうな問題はとりあえず全部後回しにしておこう。

せっかく憧れのお茶会に招かれたんだから、今はそれだけに集中すべきだ。

そう自分に言い聞かせた私は、改めて茶葉の缶のラベルをチェックした。

が、文字が……クネクネと曲がりくねった象形文字にしか見えなくて、読むのを断念せざるを得ない。

やっぱり異世……い、いや、ただの外国かもしれないし！　ほら、タイ語とか象形文字とかに見えなくもないし！　考えない……っていうか、考えたくない……。

「あの、香りを確かめてみてもいいですか？」

「もちろんだ」

ざっと三十種類はある缶を一つひとつ手にとって香りを確かめてみる。

ああ、やっぱり……すごく香り高い茶葉ばかり……。

いつもお給料日のたびに、紅茶専門店であれこれ悩みながら一、二種類程度厳選して大切に飲むようにしている私にとって、それはまさに宝の山だった。

さすがというか、いかにも高そうって、香りだけで分かるダージリンを飲んでいただけのことはある……。

「こんなにたくさん……しかもどの茶葉も珍しいものばかりですよね？　すごいです」

感嘆のため息交じりにうっとりと呟く私に、彼は少しだけ得意そうに片方の眉と口端とをあげてみせた。

「――ほう、分かるのかね？」

「ええ、分かります！　紅茶は大好きですし」

「それは何よりだ。どれでも好きな茶葉を好きなだけ選んでくれたまえ」

「……っ⁉」

レーヴィスさんの申し出に私は驚愕《きょうがく》する。

だって、高価な茶葉だとグラム二千五百円とかもザラだというのに……それをまさかの飲み放題なんてありえない。

千載一遇の機会を前に私はゴクリと生唾を呑《の》む。

異世界問題も何もかも、強い欲望の前には吹っ飛ぶなんて……ゲンキンなものだ。

頭の中は紅茶のことだけで埋め尽くされる。

どうしよう？　彼が味わっていたと思《おぼ》しきダージリンにすべきか？　それともアールグレイにすべきか？　いやいや、ブレンドティーも捨てがたいし……そもそもダージリン一つとってみても複数種類があるとか……悩ましい。

「え、選べません……こんなにたくさんあるなんて……迷いすぎて……」

「なるほど、ならば、全部飲みなさい」

「ええええっ⁉　そ、そんな……うれしいですけどさすがに全部は難しいと……」

「日を改めれば大丈夫だろう」

「……っ⁉　えええええええ？」

っていうことは……ひょっとして泊まっていきなさいってこと？

こんな立派なお庭を持つ彼のお屋敷に⁉

さすがに自分の耳を疑う。

「それとも他に先約でもあるのかね？」

「いえ、まったくっ！」

「ならば、君を私の城に食客《しょっかく》として招くとしよう。好きなだけ滞在していきたまえ」

「……お城」

屋敷レベルの話じゃなかった⁉　まさかお城だなんて。

レーヴィスさんって、一体何者なんだろう？

城に住んでいるとか……只者《ただもの》じゃないことだけは確かなはず……。

ちょっと分不相応すぎる展開に置いてきぼり感じは否めないけれど、ワケも分からず外国だか異世界だか知らないけれどへんてこな世界に放り込まれた身としては、ものすごくありがたい申し出には間違いない。

「本当にいいんでしょうか？　さすがにご迷惑じゃ……」

「いや、構わない。歓迎しよう」

「……ありがとうございます……とても助かります。でも、仕事があるので……月曜までには家に戻らないと……」

無断欠勤はさすがに社会人としてマズい。どういう状況に置かれているか、いまいちまだ分かっていないけど、とりあえず休むなら休むと連絡を入れておかなくちゃ……。

って、そういえば……スマホは使えるんだろうか？

ふと気になって、ポケットの中に手を突っ込むも、エプロンドレスのポケットには何も入っていない……。


いや、そもそもどうして私エプロンドレスなんて着ているワケ⁉

なんか、前髪も金髪になっちゃってるし⁉　ワケが分からない。

空色のエプロンドレスは、まるで『不思議の国のアリス』でアリスが着ているものにそっくりだった。

これじゃ、あのコスプレウサギ男のことを笑えない。

いい年してエプロンドレスってだけでも相当イタすぎるっていうのに……。

いや、まあ……人にもよるか。

華奢《きゃしゃ》で小柄な女性なら似合うと思う。それかお人形のようにかわいらしい女性とか。

だけど、そのどちらでもない平々凡々な一女子にはぶっちゃけつらい。

最近じゃ、女子と名乗ることすらおこがましいんじゃないかって思うくらいの年だっていうのに、一体なんでこんな目に。

必死に頭を巡らせてみて、とんでもない仮説だけが残った。

まさか……ひょっとして……私、『不思議の国のアリス』の世界に飛ばされちゃったとか⁉

いやいや、いくら名前が一緒だからってそんな……嘘でしょ⁉

そんなファンタジーな出来事にいきなり放り込まれてたまるかって思う一方で、その可能性を否定できない自分もいる。

だって、あれだけおかしなことばかり立て続けに起きていたら、もしかして……って思うのも無理はない。

でも、仮にそうだとしたら――ウサギ男は白ウサギとか？　シルクハットをかぶったレーヴィスさんは帽子屋とか？

確かに似ている。

でも、私の知るおとぎ話とは異なる点のほうが多い。

そもそも、あの話はアリスがウサギを追いかけていって穴に落ちて不思議な世界へトリップって筋書だったはず。

いきなり、ウサギが不審者として現れて人をベランダから突き落とすとか――おとぎ話の風上にもおけない展開だし、第一、マッドな帽子屋が、こんなに渋くて素敵な紳士なワケがないし！

でも、それはさておき、こうしてレーヴィスさんと話をしているだけでも、おかしな世界に飛ばされてしまったという可能性はどんどんと色濃くなっていく一方で――

「……戻れる……んですかね？」

今は考えまいとしていたけれど、想像以上にワケが分からない状況をこれでもかというほど目の前につきつけられて、これ以上はさすがにスルーできない。

もしも、本当にへんてこな世界に飛ばされたのだとしたら一体どうしたらいいのだろう？

しばし茫然《ぼうぜん》として、言葉を失ってしまう。

「アリス、大丈夫かね？」

「……わ、分かりません……ちょっと混乱しちゃって……すみません……」

「いや、私は構わない。だが、君が心配だ」

彼の言葉に少し救われたような気がして、私は落ち着きを取り戻す。

まだ、よその世界に飛ばされたと決まったワケじゃない。

同じ地球上の異国という可能性だって十分あり得る。

かすかな希望と燃えカスみたいな勇気を振り絞って、恐るおそる彼に尋ねてみた。

「……あの……ちなみにここってどこなんでしょう？」

「レッドキングダムの最北にあるノースレーヴだが？」

「……レッド……キングダム？」

そんな名前の国……初耳だ。

ノースレーヴっていうのは県か市のようなもの？

得体のしれない違和感に胸がぎしりと軋《きし》む。

いやいやいやいや！　私が知っている国名なんてタカがしれているし！　ものすごく小さな国やらマイナーな国だって世界にはあふれているし！

そう自分に言い聞かせて、今にもくじけてしまいそうな気持ちを力ずくで奮い立たせる。

「……えと、それってヨーロッパのどこか……とかですかね？」

「ヨーロッパ？　エタニティランドにそのような場所はないはずだが――」

エタニティランド……これまた初耳だ……。

異世界臭が半端ない感じというかなんというか。

さらに異世界に飛ばされた説が濃厚になってきて、顔が引きつってしまう。

そんな私を見て、レーヴィスさんは顎に手を当てると思案顔をした。

「……もしかして、君は『外の世界』からやってきた『異邦人』かね？」

「っ!?」

きっと……たぶんそうに違いない。

レーヴィスさんの言葉が直感的に腑《ふ》に落ちた気がして私は頷《うなず》いてみせた。

「ええ……よく分かりませんけど……きっとおそらく……」

「やはりそうか――このエタニティランドには、たまに他の世界から迷い込んでくる人間がいて、そんな人々を我々は『異邦人』と呼んでいるのだよ」

「………………」

なるほど。レーヴィスさんの口調からすれば、どうやらこんな目に遭っているのは私だけというわけじゃなさそうだ。

説明する手間が省けてありがたいと思う反面、やっぱりとんでもないことになってしまったということだけは確かで、一体どうしたものかと途方に暮れてしまう。

「安心したまえ。私が責任をもって君を元の世界に返してあげよう」

「……え?」

まるで私の不安を見透かしたかのようなレーヴィスさんの言葉に驚く。

不安も何もかも包み込んでくれるような彼の穏やかな微笑みがすぐそこにあった。

「だから、今は心おきなくお茶を楽しみなさい。今、君のために私がお茶をいれよう——」

小人から銀色のポットを受け取ると、レーヴィスさんは、優雅かつ慣れた所作でティーカップへお湯を入れて少し冷ましてから、それをティーポットの中と注ぎ入れていく。

紅茶は少し低めの温度で丁寧に淹れてあげるとものすごく甘味《あまみ》がひきたっておいしくなる。

ややあって、甘いダージリンの香りが鼻をくすぐってきて胸が甘く高鳴る。

でも、いつもとはどこか違った面映《おもは》ゆい感じもして戸惑う。

その理由は明らかだった。

このかぐわしい香りが、彼にされた淫らなキスを生々しいまでに思い出させるから。

貪るような大人のキス。

くるおしいほどの愉悦を思い出してしまい、つい熱っぽいため息をついてしまう。

紅茶の香りがこんなにも危険な予感を覚えるものになってしまうなんて——

戦々恐々としながら私は彼の手元を見つめていた。

レーヴィスさんは、洗練された所作でポットからカップへと紅茶を注いでくれる。

白いカップにハチミツ色の紅茶の色が映える。

「お気に召すといいが——」

そう言うと、レーヴィスさんは私へとソーサーにのせたカップを差し出してくれた。

私は、はやる気持ちを抑えながら、ゆっくりとティーカップに口をつけた。

さっきのキスで味わった香りが強く鼻をくすぐってきたかと思うと、続いて舌ざわりのよい甘さが口いっぱいに広がっていく。

こんなにおいしくて……胸を掻《か》き乱《みだ》される紅茶は生まれて初めて……。

私がうっとりと目を閉じてティーカップを口につけたまましばし浸っていると、不意に色っぽい響きを持つ彼の渋い声が鼓膜を震わせた。

「――紅茶を飲んでいる君は実に妖艶だな。まるで別人のようだ」

「っ⁉」

思いもよらなかった囁きに心臓が跳ねあがる。

私は、目を開いて眉根を寄せると、頭を左右にブンブン振って彼の指摘を否定した。

妖艶とか……そんなつもりもないし、第一そんなこと今まで誰にも言われたことなんてない。自分でも地味な外見だって分かっているし。

きっとものすごく視力が悪いか、からかってきているかのどちらかに違いない。

思わずムッとしてしまう私に構わず、レーヴィスさんは宝石のような輝きを放つハート型のショコラを勧めてくれた。

というか、口元まで持ってきて食べさせようとしたといったほうが正しい。

彼の大きな手としなやかな長い指をつい意識してしまう。

「あ……ありがとう……ございます……」

彼からの熱い視線を感じながらショコラを食べると、中からダージリン味のプラリネがとろりと出てきた。

「――っ！」

これは……プラリネにダージリンの茶葉を刻んだものを入れているのだろう。ビターなブラックショコラと薫り高い茶葉入りのプラリネとのハーモニーに感嘆する。

思わず目を細めて「んーっ」と、唸《うな》ってしまう。

「気に入ったかね？」

「はい……こんなにも紅茶に合うショコラは初めてで……驚いています」

私の返事に満足そうに頷くと、彼は言葉を続けた。

「紅茶を引き立たせるようにと考えたものだけを作らせているのだよ」

「……すごいです」

「理解してもらえて何よりだ。ウサギには期待するだけ無駄なことなのでね――」

「…………」

また出た――ウサギって。やっぱり……あの銀髪の彼のことよね？

彼とレーヴィスさんは、そもそも一体どういう関係なのだろう？

「あの、そのウサギって……一体何者なんですか？」

「――少し特殊な種族でね。私にとってはただの悪友だが」

そう言う彼の口元が綻び、その優しげな微笑みに思わず見入ってしまう。

どちらかといえば地顔は、どこか人を寄せ付けない威厳を感じる顔立ちなのに、笑うとこんなにも柔らかな雰囲気になるんだと今さらのように驚く。

このごく自然な微笑みに比べれば、さっきまでの笑顔は作られたものだと分かる。

ということは……あまり考えたくはないけれど、あのウサギ男とレーヴィスさんはたぶん気の置けない仲ってことなのだろう。

なんであんな鬼畜にも程がある人とレーヴィスさんのように優しい人が……月とスッポンにも程がある。そもそも月とスッポンってどっちが上なのか分からないけれど。

苦々しい思いに駆られて、笑いが引きつる。

「どうかしたのかね？」

「い、いえ……なんでもないです……」

訝《いぶか》しがられて、慌てて表情を取り繕う。

それにしても――レーヴィスさんは笑顔のほうがずっといい。いつまでも見ていたくなるほど。

そんな考えが頭をよぎって慌てて打ち消す。

（ま、待っていつまでも見ていたいって、まだ出会ったばかりなのに早すぎ！　さっきのキスはただの人違いで……単なる事故みたいなものだっていうのに……一目惚《ひとめぼ》れとかありえないし……）

でも、初対面とはとても思えなくて。

彼にどうしようもなく惹かれてしまっていることだけは確かで……そんな自分に困り果てる。今までこんなこと一度もなかったのに……。

だけど、レーヴィスさんみたいな素敵な紳士にあんなにも官能的なキスをされて……そもそも正気でいられる女性なんているのだろうか？

惹かれないほうがおかしいに決まっている。

そう思うと少しだけ気持ちが楽になる。

まあ、俳優に憧れるような感じだとしたら何も問題ないだろう。

彼のファンになってしまったようなもので、それ以上でもそれ以下でもないはず。

くれぐれも本気になっては駄目だと、自分の胸に言い聞かせる。

だって、あまりにもつり合いがとれていない相手だし、勘違いして本気になれば傷つくのは目に見えているし。

（……勘違いしないように。あのキスはただの人違いで……この優しさは彼が紳士だからというだけのこと……）

そう自分に何度も言い聞かせるも、やるせなくせわしない心臓の鼓動は一向に治まる気配もなかった。

第二話　真夜中の二人きりのお茶会

「すごい……」

お城のバルコニーのソファに腰かけて、私は満天の星空を眺めていた。

人工の灯《あか》りのない夜空がこんなにも美しいものだったなんて。

無数の星々が今にも降ってきそう……だなんて、ガラにもなくロマンチックな考えに浸りながら絶景に見入ってしまう。

夜空には銀色の満月がぽっかりと浮かんでいて、柔らかな光を周囲へと放っている。

広大な海に張り付けられた銀箔《ぎんぱく》が、まるでハシゴのように天上の月と海面とをつないでいる様はあまりにも幻想的だった。

このバルコニーは、私が滞在させてもらっている客用寝室から直接足を運ぶことができるということもあって、つい足しげく訪れてしまう。

ここで見事なオーシャンビューとお茶を楽しみながら、物思いに耽《ふけ》ったりちょっとした手芸を楽しんだりと、のんびり過ごすのが気に入っている。

まるでプリンセスが暮らすような立派なお部屋のサンルームからの眺めも確かに素晴らしいけれど、バルコニーのほうがより開放的で雄大な自然を感じられる。

って、どこの貴族かよっていう……。

元々のかろうじて狭いベランダ付きのワンルーム暮らしからは想像もつかないほどの環境の変化がいまだに信じられない。

まさかサンルーム&バルコニー付きの部屋で暮らすようになるなんて――

あまりにも贅沢すぎる。

でも、恐ろしいことに、これがレーヴィスさんにとっての「日常」なのだ。

実際、彼は公爵であって、この城一帯の地方を治めている領主らしい。

公爵といったら、王室の血を引く貴族の中のガチ貴族……。

どうりで立ち居振る舞いの逐一に気品と威厳とが滲《にじ》み出まくっているはずだ……。

しかし、まさかその恩恵を、私みたいな得体のしれない一庶民（異邦人の迷子）にまで惜しみなく与えてしまうなんて……ありがたいとは思うけれど、本当にそれでいいのだろうか？

何せレーヴィスさんの食客として私に求められていることはたった一つだけ。

彼が開く毎日のお茶会へドレスアップして参加すること。

実質三時から五時までのたった二時間程度の簡単なお仕事っていう……好待遇すぎにも程がある。

何か裏があるんじゃ……って疑ってしまうくらい。

そもそも、お茶に目がない私にとっては、仕事というよりもむしろお金を払ってでも参加したいくらい素敵なお茶会だっていうのに無料でいいとか……。

しかも、ドレスアップに必要だからって、毎日のように様々なドレスやアクセサリーが部屋に贈り届けられるっていうとんでもない特典付とか……ありえなさすぎる。

さすがにただの食客相手にやりすぎだ。

いや、仮に恋人相手にしたって正直やりすぎだ。

マトモな神経をもった女性ならきっとこういうことって素直に喜べないはず――あまりにも分不相応な待遇に、やたら落ち着かないやら申し訳ないやら……。

もちろん、あくまでも彼の厚意によるものだということは分かっているけれど、まさかここまで至れり尽くせりな環境で保護されるなんて思いもよらなかった。

レーヴィスさん、包容力がありすぎにも程がある。

何事も過ぎたるは及ばざるがごとしとはよく言ったものだ……。

もしかして……包容力がありすぎる紳士というのは、得てして駄目女製造機だったりするんじゃないだろうか？

そんな仮説を胸に抱きつつ、何度もレーヴィスさんに「本当にこんなに私を甘やかしていいんでしょうか？　さすがにやりすぎな気がします……」って主張してはみたけれど、どうやらこれでいいらしい……。

何がどういいのか分からなさすぎて謎すぎる。

まあ、住む世界も環境も地位も何もかもが違いすぎる彼の考えを、庶民がそうそう理解できるはずもないか……。

もちろん、ゆくゆくは理解していきたいとは思うけれど……。

元の世界からこのエタニティランドに飛ばされて――こっちの世界で言う『異邦人』となってしまったらしい私。

最初はどうなることかと思っていたけど、人間の適応能力というのは思った以上にたくましいようで、私がレーヴィスさんのお城に食客として招かれて早一週間が経《た》とうとしていた。

あの後、金髪になった髪はそのまま、鏡を見ると目も青くなっていた。

金髪に青い目っていう『不思議の国のアリス』のアリスさながらの外見の変化には、まださすがに慣れてはいないものの、こちらの生活にはかなり慣れたと思う。

スマホやパソコンもない生活も最初はものすごく不安だったし手持ちぶさただったけれど、慣れてしまえば別にどうってことはない。

時間の流れも、以前とは比べものにならないほどゆっくり感じられるようになった。

元の世界がいかにせわしない生活だったか、それがいかに異常なことだったか身につまされる。

そういえば……結局、元いた世界の会社とか……どうなっているんだろう？

いきなりの無断欠勤の挙句、行方不明だとか失踪だとか大騒ぎになっていないといいけれど。

っていうか、とにかくクビにはなっていませんように！　せめて休職扱いになっていますように！

今は身よりもない独り暮らしだから、身内を心配させているんじゃないかという心配はしなくて済むけれど、だからこそクビは困る……。

頼る身内がいないってことは、全部自分でなんとかしなくちゃならない。

まあ、もともと頼る身内がいたとしても、基本的には社会人なんだから自分でなんとかするものだとは思っているけれど。

ただ、貯金もそんなにはないし……失業保険が出たとしても……自己都合退社ってことを考えると支給されるのは半年後。その間、家賃と生活費を自前で賄《まかな》えるかっていうと、ものすごく厳しい感じがする。

うん、やっぱり一刻も早く元の世界に戻って復職しないと、いろんな意味でマズいような気がする。

そんな思いが、私の意識を幻想的な光景から現実へと引き戻した。

我に返った私は、膝の上に伏せて置いていた読みかけの絵本の続きに取り掛かる。

絵本なんて読んでいる場合じゃないだろうって突っ込まれそうだけど、コレには事情《ワケ》がある。

とりあえず、元の世界に戻る方法はレーヴィスさんが探してくれてはいるけれど、だからといってさすがに任せっぱなしというのは気が引ける。

自分でできることは極力自分でしなくては――

どうやら私と同じ『異邦人』たちが残した文献や記録などもひそかに残っているらしくて、一応それについて研究してる人たちも数は多くはないがいるらしい。確か「異世界学」だったか――その筋の文献を調べさせたり、専門家や教授に調査を依頼しているって話をレーヴィスさんから聞いた私は、自分も調査のお手伝いが少しでもできればと思って……まずはとりあえずこの世界――国の文字を読めるようにならなくちゃと目下絵本を参考書に勉強中というワケ。

どういうわけか、言葉は通じるし共通の単語も多い。文字が違うだけというのは不幸中の幸いかも。加えてエタニティ文字は日本語みたいに漢字とかカタカナとかもないのもありがたい……。

ひらがなとエタニティ文字の対応一覧表をつくって、それと見比べながら絵本を読み進めるといった方法で勉強を進めている。

と、そのときだった。

「アリス、まだ起きているのかね？」

「っ⁉　レーヴィスさん」

不意に彼の声がして、心臓が大げさなほど跳ね上がる。

見れば、ガウン姿のレーヴィスさんが自室からバルコニーへと出てきて、私の座るソファへと歩いてくるところだった。

いつものシルクハット&フロックコート姿じゃなく、たくましい胸元がうかがいしれるラフな格好に私は視線を泳がせる。

かくいう私も湯浴《ゆあ》みをした後なので、シルクの夜着一枚というあられもない恰好《かっこう》なのだけど――

それにしても……彼がバルコニーに姿を見せるのは初めてのことで緊張する。

一体どうしたんだろう？　何か用事でもあるのだろうか？

咄嗟にひざ掛けを上半身に巻き付けてまんじりと彼を待つ。

やややあって、レーヴィスさんは私の隣にゆっくり腰かけてきた。

彼もたぶん湯浴みをした後なのだろう。石鹸《せっけん》のよい香りと、彼がいつも身に着けているシトラス系の香水がふわりと香ってきて顔が熱く火照る。

「いつも夜遅くまで起きているようだが――あまり無理をしてはいけない」

「へっ⁉　い、いつも⁉」

驚きのあまり素っ頓狂な声を出してしまう私に彼はあたたかな流し目をくれるだけ。

まさか、いつも見られていたなんて……知らなかった。

なんだか急にものすごく恥ずかしくなってきて、私はいっそう視線の置き所に迷う。

一方のレーヴィスさんは、そんな私の膝上の読みかけの絵本を手にとると、中をパラパラと見てから再び私に流し目をよこしてきた。

「――なるほど、こんな真夜中まで勉強していたとは勤勉なのだな。こちらの文字はだいぶ覚えたかね？」

「あ、はい……だいぶ読めるようになってきました。まだ簡単な絵本程度ですけど。あ、あと紅茶のラベルも読めるようになりました！」

好きこそものの上手なれとはよく言ったもので、真っ先に覚えたのは紅茶のラベルだった。

って、あまり胸を張れたことでもないか。どんだけ紅茶欲が深いんだってことだし……。

「では、さっそくその成果を披露してもらえるかね？」

「えっ⁉　えええええ⁉　成果……ですか？」

「ああ――私にこの絵本を読み聞かせてもらうとしよう」

「えええええええええええっ⁉　読み聞かせっ⁉」

突然のリクエストに思わず声が裏返ってしまう私に、彼はくすりといたずらっぽく笑いかけてから絵本を差し出してきた。

「…………」

うぅう、まさかこんなことになるなんて――

一応それなりに読めるようにはなってきたけれど……正直なところ、さすがに人様に読み聞かせできるほどではない。

ああ、こんなことになるくらいなら得意そうに「だいぶ読めるようになってきた」なんて言わなきゃよかった……。

この墓穴体質……いい加減なんとかしたいものだけど、自分ではどうにもならないのがうらめしい。

後悔するも時すでに遅し。

彼が呼び鈴を鳴らすと、小人たちがいつものようにどこからともなくお茶の準備を整えたワゴンを押してきた。

そして、私がサイドテーブルに置いていたお茶のセットを下げると、ローテーブルへと新しいものをセットしてくれた。

私がどうしようか思いあぐねている間にも、レーヴィスさんは慣れた手つきでミントティーを淹れてくれる。

優雅に動く大きな手に長い指、真剣かつ穏やかな表情。

彼がお茶を淹れる様子に胸が躍る。

いつまでも見ていたいなんて、これまたガラにもない考えが頭をよぎってしまって慌てて打ち消す。

なんというか……こっちの世界にやってきてからというもの、やたら考えがロマンチック寄りに傾いている気がしてならない。

まあ……住む環境が変われば致し方ないものなのかもしれないけれど……何せプリンセスのような暮らしに小人とか……むしろ感化されないほうがおかしいかも？

とはいえ、それを素直に認められない今までの自分に、見事なまでに板挟みになってしまってやたら居心地が悪い。

いつか慣れるのだろうか？

って、いやいや慣れてしまう前に元の世界に戻らないと！

私が心の中で一人ボケとツッコミをやらかしている間に、彼がお茶をティーカップへと注ぎ入れてくれた。

爽やかな香りが鼻をくすぐってきて、思わずため息をつく。

彼に目で促されて、私はミントティーを一口飲んだ。

まるで胸の奥にあたたかな灯《ひ》が灯《とも》ったかのよう。

清涼感ある香りが鼻を抜けていって、強張《こわば》った気持ちが解《ほぐ》れてくる。

読み聞かせ……かあ。

まあ、他でもないレーヴィスさんのリクエストだし、あまり上手《うま》くなくてもいいか。期待値もきっとそう高くはないだろうし。

そう考えを極力前向きに改めると、私は意を決して絵本のタイトルをゆっくりと読み上げてみた。

「……えっと、ふしぎな……せかいの……ウサギ……」

たどたどしい口調になってしまうけれど、レーヴィスさんは優しく頷きながら私の膝の上の絵本をのぞき込んでくる。

彼との距離が縮まったせいで、憂いを帯びた端正な顔がすぐそこに迫って……心臓がくるったように暴れ出す。

彫りの深い顔立ちに大きな目。高い鼻。まつ毛とか長すぎだしっ！

ああ、こんなの無理っ！　別な意味で無理すぎっ！

心が乱れまくって読み聞かせに集中なんてできるはずがない。

私はたまらず絵本を閉じてしまう。

「もうおしまいかね？」

「ううぅ……もう少しちゃんと練習してからで……いきなりは、その難しいです」

いや、一番の原因はこの彼との近すぎる距離なんだけど……。

そんなこと口にできるはずもなく、私はしどろもどろになりながら言い訳がましい言葉を口にした。

しかし、彼はそれを疑いもせずに素直に受け止める。

「ふむ、そうかね。そんなに構えずともいいのだよ」

少し残念そうな声色に胸がチクリと痛むも彼は紳士。あくまでも無理強いしようとはしない。

ティーソーサーごとカップを手にとってミントティーを味わってから、「ならば、代わりに君の話をしてもらえるかね？」と代替案を提示してきた。

「え、私の話……ですか？」

「ああ、君のことをもっと個人的に深く知りたくてね――」

「――っ⁉」

意味深な彼の言葉に全身の血が沸騰《ふっとう》する。

って……いやいや、今の発言にきっと他意はないはず。

私のことを知りたいって……私個人のことじゃなくて、きっと私が元いた世界のことを知りたいって意味に違いない。

分かってはいても、まったく心臓に悪いったらない。

だけど、そういった話なら毎日のお茶会でもたくさんしてきたわけだし……。

となると、やっぱり何か特別な意味が含まれているってこと⁉

昼とは違う——真夜中のお茶会は、何か特別な感じがして……妙な期待と予感と不安に胸がざわめいてしまう。

個人的に深くって……何を話せばいいものか……戸惑いながらも、つれづれなるままに頭に浮かんだことを口にしていくことにした。というか、それしかできないといったほうが正しい。

「えっと……そうですね……うーん……最近一つものすごく気になっていることがあって、こっちの世界と私が元いた世界では時間の流れが違うような気がするんですけど……時間の流れって世界によって違ったりするんでしょうか？」

「ふむ、それは面白い着眼点だな——」

なんだかこっぱずかしくて、色っぽい話から敢《あ》えて遠くにある硬そうな話題をわざわざ選んでしまう自分が恨めしい。

でも、レーヴィスさんは身を乗り出して興味深そうに耳を傾けてくれる。

「時間は固定のものではなく、個々人の感覚によって伸び縮みするものだと以前ウサギが言っていたことがある。なんでも、時間というものは概念であって、人によって感じ方が変わるとか——」

「なるほど……世界によって流れる時間が変わるのじゃなくて、そもそも人によって時間の感じ方が違うだけってことですか？」

「ああ、そのとおり」

「それじゃ、私の感じ方が変わったってことですか？」

「ちなみにどんな風に変わったのかね？」

「そうですね……私のいた世界では……こんな風にのんびりとお茶を楽しむ時間なんてそうそうとれ

ないくらいなんでもかんでもスピードが速すぎて……ついていくのがやっとって感じでした。いや、正直ついていけていたかも怪しいくらいです……何もかもが時間の奪い合いって感じで……」

「ほう、それはまた随分と疲れる世界だな」

「ええ、そうなんですっ！」

レーヴィスさんの相槌《あいづち》に私は思わず拳を握りしめて語気を強めてしまう。

「す、すみません……ちょっと力説しちゃって……」

「いや、構わない。むしろもっと力説してくれてもらって構わない」

「えええ……そんなこと言われても……わざとやってるわけじゃないので困ります」

苦笑してうめき声を洩らす私にも、彼は変わらず優しく微笑みかけて話の続きを促してくれた。

「だが、そんな慌ただしい世界でも、君はお茶の時間を大切にしていた。相当骨の折れるだろうことは想像に難くないにも関わらず。それはなぜかね？」

「といっても、さすがにお休みの日だけですけど……お茶の時間を大切にしなさいって育てられたというのもあって……」

「そうか、よいご家族を持ったのだな――」

「……はい」

彼の言葉に不覚にも鼻の奥が絞られるように痛み、私は慌てて夜空を仰ぎ見るようにして濡れた目を乾かしにかかる。

本当に……よい家族だった。

なのに、どうしてもっと早く気づかなかったんだろう？

ずっと一緒にいられるものだと疑っていなかった。

いずれは今までお世話になってきたお返しをしようと思いながらも、「いつかきっと」って延ばし延ばしにしていた。

アテにならない都合のよい言葉で自分に言い訳ばかりしていた。

胸に重しがのしかかって息苦しく思う。

なんだろう？　やっぱり、昼のお茶会での会話とはまた違う。

夜のミステリアスな空気がそうさせるのだろうか？

それとも、夜寝る前のくつろいだ状態で口にしたハーブティーのせいだろうか？

昼間よりもっと彼を近く感じられて、素直な思いが口から滑るようについて出てくる気がする。

「本当にいい習慣を教えてもらったんだなって、今さらながら感謝しています。だから、できればいずれそれを他の人たちにも伝えていけたらなって……。いつかお茶と手仕事を楽しみながらホッとくつろげる場所を作れたらって……」

なんだか湿っぽくなった気持ちを振り切るように、私は元気よく言葉を続けた。

すると、彼がとんでもない相槌を打った。

「それは素敵な夢だ。いずれと言わず、今すぐに叶えたまえ。私が力になろう」

「っ⁉　え？　えええええっ⁉」

ちょ、ちょっと待って？

今すぐって……力になろうって……まさかパトロンの申し出だったりする⁉

いや、私はそういうつもりで言ったわけじゃなくて、いつかきっと叶えられたらいいなってひそかに温めてきた夢を、なんとなくその場の空気で口にしてみただけで……。

思わず、訝《いぶか》し気《げ》にじっと彼のオッドアイを見つめる。

さすがに冗談でしょう？　と。

だけど、彼のオッドアイはどこまでも真面目な光をたたえている。

恐ろしいことに……どうやら本気のようだ……。

そのクールな表情や態度からは窺《うかが》い知れない秘めた熱量を感じて戦慄する。

冗談だと思いたいけど、レーヴィスさんなら本当にやりかねない。

何せ財力も権力も兼ね備えた紳士なのだから……。

「いや、そ、そんな簡単には……さすがにいかないかと……」

「そうかね？　そう難しいことだとは思わないが」

「…………」

今までずっと踏ん切りがつかずに思い悩んできた夢をいとも簡単なことのように言われて唖然《あぜん》とする。

ここまでキッパリと断定されると、もしかしたらそうなのかもしれないって気がしなくもない。

ああ、こんな人が一人でも傍にいてくれれば……向かうところ敵なしに違いない。

もっと早く出会えていたら……と思わずにはいられない。

心の奥にあたたかな灯が灯るのを感じながらも、さすがに「じゃ、いっちょさくっと夢叶えちゃいましょうか！」みたいな体育会系のノリには程遠い私は、丁重に彼の申し出を辞退した。

「……い、いえ……その……気持ちはとてもありがたいんですけど……これは自分の力で少しずつ叶えていくべき夢だと思っていて……。でも、本当にありがとうございます。なんだか叶えられそうな気がしてきました」

「なるほど、ならば、なるべく具体的に思い描いて書き留めていくといい。そのほうが夢というものは実現しやすくなる。人の持つイメージ力というのはあなどれない。特にこの世界では――」

「はいっ！　やってみます！」

久しぶりに胸が躍って、返事まで弾んでしまう。

そんな私に彼は穏やかに目を細めていたが、不意に苦しそうに表情を歪めて独り言のように呟いた。

「そう、強い願いは叶ってしまうのだよ。よくも悪《あ》しくも――」

「……え？」

「…………」

夢が叶うだとか願いが叶うとか……いいイメージしかないのに、彼の口ぶりは逆のようにも感じられて私は戸惑う。

だけど、それは一瞬の違和感で、すぐに彼は元通りの穏やかな表情を取り戻した。

「覚悟が決まったら、誰より早く私に伝えたまえ。君のためなら協力は惜しまない」

「あ……ありがとうございます……」

協力くらいで済めばいいけれど……と、なんだかとても嫌な予感がする。

でも、その気持ちだけは本当にありがたい。

夢を応援してくれる人がいるのといないのとでは心持ちがまるで違う。

でも、どうしてこんなにも私によくしてくれるんだろう？

常々不思議に思っていたことだけど、私は勇気を出して遠回しにその疑問を口に出してみた。

「……えっと、とてもありがたいことだとは思うんですけど、その……レーヴィスさんって面倒見がいいというか……よすぎです……どうして…ですか？」

すると、彼は肩を竦めてみせる。

「どうも君のように素直でまっすぐな人は応援したくなる性分でね――」

「素直でまっすぐ……ですか？」

自覚はしていなかったので、彼の指摘に驚く。

「ああ、自分が与えられたものに感謝して、それを他に伝えたいと思うその志は、とても気高くて美しいものだ」

レーヴィスさんが私の髪を一房手にとると、きれいな指先で弄ぶようにして私に甘く微笑みかけてきた。

「っ⁉」

髪に感覚なんてないはずなのに、私は思わずびくっと大げさなほど両肩を跳ね上げてしまう。

「ほ、褒めすぎです……そんな立派じゃないです……」

ほんの少しからかいを帯びた口調で言うと、レーヴィスさんはガウンのポケットからシガーケースを取り出して葉巻に火をつけた。

「謙遜かね？」

その少し甘くて香ばしいウッディな香りに、私の胸は落ち着かない。

レーヴィスさんは、私を見つめたまま、何も言わずに静かにゆっくりと葉巻を味わっている。

何を考えているんだろう？

ミステリアスかつクールな色違いの双眸からはとても窺い知ることはできそうにない。

ただ、どこか私を見つめているようでいてどこか遠くを眺めているような彼のまなざしが気になって仕方ない。

正視するのは躊躇《ためら》われて目を逸らしつつも、再びチラリとつい彼の目を盗み見てしまう。

少しは落ち着かなくっちゃ。

彼の一挙一動に翻弄されている自分を鎮めるべく、私も黙ったままミントティーを静かにゆっくりと味わってみる。

すっきりとした飲み口とミントの清々《すがすが》しい香りとに、ざわついていた心がだんだんと落ち着きを取り戻していく。

真夜中、銀色の満月の月明りに包まれたバルコニーで、波が寄せてくる音色に耳を傾けながらレーヴィスさんと二人きりでお茶を楽しんでいる状況に浸りながらも、これは本当に現実なんだろうか？　という疑いが拭い去れない。

なんて贅沢なんだろう……。

午後のお茶会とはまた違った感じがして……ただでさえ夢を見ているんじゃないかと疑ってしまうほど素敵な日々を送っているのに、さらに夢を重ねて見ているような心地に駆られる。

できることなら、このまま時間が止まればいいのに——

ついそんな「乙女かっ!?」みたいなツッコミ待ちのベタな願いまでしてしまう自分が信じられない。

だが、彼はゆっくりと葉巻を一本吸い終えてから口を開いた。

「さて、今夜はこの辺にしておこう。続きはまた明日のお茶会で——さすがにもうそろそろ寝たほうがいい」

そう言うと、彼は私の手を引き寄せて横抱きにしてソファから立ち上がった。

「きゃっ⁉」

長身の彼に急に抱きあげられたため、急に視点が高くなってびっくりする。

「お、下ろしてください……そ、その……お、重いですし……」

「こう見えて鍛えているものでね。問題ない」

「ううっ、そ、そういう問題じゃ……」

ささやかな抵抗もさらりと流されて、私はレーヴィスさんにお姫様抱っこをされたまま、寝室へと運ばれていく。

そして、四隅の柱と天蓋つきの立派なベッドにゆっくりと下ろされて、丁重な手つきでベッドに寝かされた。

「………」

ふかふかのベッドと枕に身を沈める私の目と彼の目とが合う。

熱のこもったまなざしが絡み合って、心臓が大きく脈打った。

寝室に大人の男女が二人きり——

危険で妖しい予感に胸が焦がされる。

ややあって、彼の凛々《りり》しい顔がゆっくりと近づいてきた。

どうしよう……またあんなキスをされてしまったら……今度の今度こそ、どうにかなってしまうに違いない。

でも、心のどこかではそれを望んでいるもう一人の自分もいたりして……。

私は混乱しながらも、静かに目を閉じた。

緊張のあまりまぶたが痙攣しているのを感じながら。

少し遅れて、柔らかな感覚がそっと押し付けられてきた。

ただし、唇ではなくて額に。

「…………っ⁉」

意表を突かれておずおずと目を開く私のすぐ傍に、彼のやはり悩ましげな光を放つ双眸があった。

しんと寝室が静まり返る。

しばらく、互いに見つめ合った後、レーヴィスさんは私の耳元に囁いてきた。

「おやすみ、アリス――よい夢を」

どこまでも甘く熱っぽい響きを宿した渋い声の囁きにぞくりとする。

「お、おやすみ……なさい……レーヴィスさんもよい夢を」

「ああ、ずっと悪夢しか見ていなかったが――君と出会えてからそれもなくなった」

「え？　それって……」

「…………」

悪夢の内容を尋ねようと口を開くも、彼の人差し指に唇を押さえられてしまう。

レーヴィスさんは、一度だけ静かに首を左右に振ってみせると、その指先で私の唇をつっとなぞってきた。

「……っ⁉　ン……」

くすぐったい快感が走り抜け、思わず声を詰まらせてしまう。

刹那、レーヴィスさんの表情から微笑みが消えた。

獰猛な獣を思わせる凄《すご》みを帯びた表情にとって代わられ——戦慄する。

でも、それはものの一秒にも満たない一瞬のことだった。

彼はすぐに元通りのポーカーフェイスを取り戻してしまう。

レーヴィスさんってこんな表情もするんだ……。

驚く一方で、なぜか下腹部の奥深くが熱く疼《うず》いて熱を帯びて、胸が妖しいまでに掻き乱される。

もしかしたらこのまま……彼に？

どうしようと不安に駆られる一方で、彼になら……いいかも……。そんな危険な考えすらちらりと胸をよぎる。

レーヴィスさんは、ベッドに仰向けになったまま身じろぎ一つできずに固まっている私の頭を優しく撫《な》でたかと思うと、今度は首筋へと顔を近づけてきた。

「——っあ」

首筋を強く吸われた瞬間、身体中の血が沸き立つのを感じながら、私はまたも声を洩らしてしまう。

やっぱり……このまま……結ばれてしまうのだろうか？

きつく目を閉じたまま、追い詰められていく。

だが、彼はそれ以上のことはせず、続いて私のまぶたに交互に優しいキスを落としただけだった。

身体を起こすと、戸惑う私をベッドに残したまま、テラスへと通じるガラス扉ではなく客用寝室の壁のほうへと向かっていく。

そして、壁の一部に手をかけると、カタンという音と共に隠し扉が現れた。

まさかそんなところに扉が隠されていたなんて思いもよらなかった私は目を瞠る。

レーヴィスさんは一度だけ肩越しに私のほうを見やると、会釈をしてから扉の向こう側へと消えてしまった。

扉の向こう側は……なんと彼の寝室だった。

「……え？　っちょ……な、なんで？　えええええ？」

ワケも分からず、私はパニック状態に陥る。

パタンと扉が閉まり、やがて再び沈黙に場が支配された。

「…………」

私は呆然《ぼうぜん》としたまま、隠し扉を凝視する。

この部屋って……本当の本当に客用寝室……なのよね？

それなのに隠し扉なんてある上に彼の寝室とつながっているって……一体どういうこと？

い、いや、きっと特別な意味はないはず！　こ、こっちの世界じゃこれが常識みたいなものであって……こういう建築様式がデフォルトってだけで……。

自分にそう言い聞かせるも、あれこれとよからぬ妄想が頭をよぎって、心臓が躍りくるったままどうすることもできない。

シーツを頭からかぶってきつく目は閉じてみたものの、完全に目が冴《さ》えてしまって——なかなか寝つけそうになかった。

第三話　いつものお茶会、招かれざる来訪者

「…………」

私は鏡にうつる自分の顔をじーっと見つめていた。

顔形はそのままなのに、ふわふわの金髪に青い目とか……やっぱり違和感半端ないし、いくら人間の適応能力が優れているとはいえ、これだけはまだまだ慣れそうにもない。

鏡の中の自分を訝し気に見つめて眉根を寄せる。

いい年して……「不思議の国のアリス」のコスプレとか、似合う人がやればまだいいんだろうけど、地味な日本顔にコレは……やっぱりイタイ、イタすぎる。

だけど、現状、手持ちの服ではこの服が一番マシということもあって、着ざるを得ないのが苦しい。

どうにかして少しはマトモな普段着をゲットしたいところだけど……さすがにこれだけ大量なドレスをいただいている身の上では言い出しづらい。

私は、クローゼットに視線を移して深いため息をついた。

大量のドレスが詰め込まれたドレッサーはもう満杯だった。

無論、その中にはドレスだけじゃなく、なんかもう……見るからに高そうなネックレスだのピアスだの宝飾品もたくさん……。

レーヴィスさんからの贈り物は、日を追うごとにエスカレートしている感じがする。

もちろん、その気持ちはありがたいけれど、同時になんだか彼に散財させているような気がしてものすごく申し訳ない。

森の奥に建つこぢんまりとしたお城の三階にある南向きの客用寝室を自由に使っていいと言われて、早二週間半が経とうとしていた。

客用寝室にしては……やたら装飾が豪奢《ごうしゃ》で、一言でいえばいかにもプリンセスが暮らしていそうなかわいらしいお部屋。

ライトブルーの壁一面には花と蝶《ちょう》をモチーフにした精緻な文様が描かれ、高い天井からはグリーンのティアドロップ型のミルクガラスとクリスタルとを贅沢に使ったシャンデリアが提げられている。

優美な流線を持つアールヌーボー調の家具はどれも猫足を持ち、オフホワイトで統一されている。

本当に何から何まで——可愛いお部屋で、部屋の隅には円柱型の出っ張った部分があって、外周に沿うようにして窓が設けられている。いわゆるサンルームで眺めも抜群。

ちょっとした隙間時間に、ここで紅茶を淹れてエタニティ文字を勉強したり、ちょっとした手仕事をしたりと、バルコニーのソファと併せて楽しませてもらっている。

本当に……つくづく思うけど、なんて優雅な生活なんだろう。

会社勤めをしていた頃じゃ、まず考えられない。

たまに横浜とか都内の洋館に足を運んでは、こんな素敵なお部屋でお茶の時間を過ごせればどんなにいいだろうって妄想に耽っていた。

でも、まさかその妄想が実現するなんて思いもよらなかった。しかも、妄想よりももっとゴージャスだっていう……。

だけど、この部屋には秘密が隠されている。

私はちらりとベッドの向こう側の壁を見やる。

一見、ただの壁にしか見えないけれど、実は隠し扉があって、この城の主の寝室へとつながっている。

「……っ」

不意に扉の向こう側へ消えていった彼の背中を思い出してしまい、慌てて目を逸らした。

ああ、もう……ちょっと気を抜くたびにあの晩のことを思い出してしまう。

私は再びドレッサーに視線を戻すと、首筋を見つめた。

少しだけ黄色がかった箇所があって、そこにそっと触れてみる。

それは、レーヴィスさんの唇の痕の名残。

もうだいぶ薄くはなってしまったものの、あの夜からずっと——それを見るたびに胸が激しくざわめき掻き乱されてきた。

毎日のお茶会で、時折、ふと彼の視線が首筋を射抜くのを感じるたびに心臓が跳ね上がって、あの夜のやりとりを思い出して顔が熱くなる。

もしかしたら、彼が首筋に痕を刻み込んだのは、こうなるだろうことを見越してのことじゃ!? とすら疑ってしまう。

それくらい、今や私の頭の中はレーヴィスさん一色に塗りつぶされていた。

ことあるごとに彼のことを考えてしまっている自分がいて……これはどうしたものかと途方に暮れてしまう。

年も身分も違いすぎる上に……住む国どころか世界まで違うなんて。

どう考えてもうまくいくはずがないと分かり切っているのに。

「……ホントに……どうしよう……」

私が、もう何度目になるかしれないため息をついたそのときだった。

大きな置き時計が、二度重厚な鐘の音を鳴らす。

ああ、もう二時か。そろそろお茶会の支度を調えなくちゃ――

と、私が立ち上がるや否や、いつものようにドアがノックされた。

返事をするとメイド服を着た女の小人たちが三人、恭《うやうや》しく一礼してから部屋の中へと入ってくる。

「アリス様、そろそろお茶会の準備をいたしましょう」

「「いたしましょう、いたしましょう♪」」

リーダー格と思しきひっつめお団子頭のおばあさんの言葉に続いて、瓜二《うりふた》つの顔をした二人の少女が声をハモらせる。

「……は、はい」

身支度なんて自分でするのにと思いながらも、やはりいつものように素直に従う。

最初にそう申し出たときに三人の猛反対に遭ってつくづく懲りたからだ。

彼女たちにとって主の命令は絶対で、その命令を妨げる相手は敵らしい……。

瞬く間にエプロンドレスを脱がされ、ペチコート一枚にされると、コルセットをしめられて淡いピンクの薔薇の花を胸元にいくつも重ねたドレスへと着替えさせられる。

このドレスも……実を言えば今朝彼から贈られたばかりの新作だったりする……。

毎晩、バルコニーから眺める彼の部屋は遅くまで灯りがついているし、領主としての仕事が忙しいだろうことは想像もつく。

なのに、どうしてこんなにもマメなんだろう？

いや、総じて仕事のできる人間は常人の不可能を可能にするもの。

きっとものすごく効率よく仕事をこなして、お茶会や私のためにわざわざ貴重な時間を割いてくれているに違いない。

その気持ちは……ものすごくありがたいのだけど――

やっぱり、どう考えても、やりすぎなのでは？　と、疑わずにはいられない。

ドレスが普段着だなんてまずもって私には分不相応だし……そもそもちょっとデザインが大胆すぎる気がして落ち着かない。

このドレスも胸元が開きすぎているし、せめて……もう少しシンプルなデザインのものでいいのに……。

小柄な割に胸だけ大きいのがコンプレックスな私としては、デコルテあたりが目立たないデザインのほうが正直うれしい。

でも、きっと口を挟まないほうがいい。

主の好みに詳しいのは間違いなく彼女たちのほうなのだから……。

そこまで考えが及ぶや否や胸がひどくざわめく。

（別に……レーヴィスさんの好みに合わせる必要なんてないはずなのに……）

いやいや、やはり彼にお世話になっている身としては、少しでも喜んでもらいたいと思うのが当然のことだと思い直す。

でも、本当に……それだけなのだろうか？

しらじらしい自問に苦笑する。

それだけなはずがない。もう本当は分かりきっているはずなのに……。

私はどんどんと飾り立てられていく鏡の中の自分を眺めながら、もう一度深いため息をついた。

期待しないほうがいい。

彼がバルコニーに姿を見せてくれたのも、秘密の扉が開いたのも、あのたった一度きりなのだから。

※　※　※

「アリス、今日も美しい——そのドレスも君にとてもよく似合っている。庭に咲く薔薇もかすんでしまいそうだ」

「……ありがとうございます」

薔薇のドレスを身にまとい、髪をハーフアップに結い上げた私をレーヴィスさんはいつも以上に褒めちぎる。

ものすごくキザな言葉だと思うのに、彼が口にすると不思議と違和感がない。

って、そんな風に考えてしまうこと自体がもう平常時じゃ考えられないわけで……。

ドラマや漫画とかで、キザな台詞《せりふ》にでくわすたびに「ないない！」って否定しまくっていたかつての自分が嘘のようだ……。

もうホント……いろいろこっちの世界というか、むしろレーヴィスさんの色に染められまくっている気がしてならない。

最初はありがたいと思っていた人間の適応能力も、場合によってはどうもマイナスに働くこともあるようだ。

苦笑している私に構わず、レーヴィスさんは私の手をとると、いつものように本物のプリンセスを扱うかのようにその甲に口づけてから自分の席の隣へとエスコートしてくれる。

私も極力背筋を伸ばして優雅な歩き方を心がける。

本当は慣れないハイヒールのせいで、一人だとかなりおぼつかない足取りなのだけれど、彼の腕が支えてくれるので心強い。

彼は、いつもの席を後ろに引くと、私が座るタイミングに合わせて優しく押してくれた。

本当に……彼のエスコートはいつも丁重で隙がない。

こんな風に扱われると、私自身は何も変わっていないはずなのになんだか特別な存在にほんの少し近づけたような錯覚を覚える。

むしろ、元いた世界では考えられないほどのＶＩＰ扱いといっても過言ではない。

周囲からの扱われ方によって、こんなにも自尊心が左右されるなんて思いもよらなかった……。

こんなに大切にされると……やっぱり勘違いしてしまいそうになる。

って、いやいや、だから別に私だけが特別というワケじゃないし！

そう何度となく自分に言い聞かせるも、本当にそうなんだろうか？　仮にそうだとしたらいくら彼が貴族であっても破産してしまうのでは？

そんな疑問が胸をよぎって落ち着きを失ってしまう。

心乱れる私が椅子に座り終えるのを確かめてから、彼も隣の自席へと優雅に腰を下ろした。

そして、いつものように私のためにお茶を淹れてくれる。

彼のポットやカップを慈しむような手つきに見とれながら、ふと私は疑問に思う。

このお茶会——私がこの庭園に迷い込んでからというものの、一日足りとも欠かすことなく続いているけれど、これって「フツー」なんだろうか？

こっちの世界の貴族の暮らしがどんなものかまだ詳しくはないし、もしかしたら一日一度のお茶の時間は死守すべきなんてトンデモな法律があったりするのかもしれないけれど、さすがにここまでお茶会にこだわるのは、何か理由があるのではないかと思わずにはいられない。

しかも、招待客はいつまで経っても私一人だけっていう……。

もちろん、レーヴィスさんと一緒に格別な紅茶と素敵なお菓子をいただきながらとりとめもないことを語り合えるなんて、もう本当に夢のように贅沢なことだとは思うけど、心のどこかではいつも得体のしれない違和感が引っかかっている。

まあ、レーヴィスさんが無類の紅茶好きということは折に触れて感じるし、彼の譲れないポリシーのようなものなのだろうと自分を納得させている。

その理由までは知らないけれど——

そういえば、いつも身に着けているシルクハットも日替わりだし、レーヴィスさんってわりとこだわりが強いほうなのかもしれない。

ちなみに、お茶会の話題は、お茶やお菓子、私のエタニティ文字の習得具合だとか、こっちの世界のことだったり、私の世界のことだったりとさまざま。

これも不思議と尽きることがない。

次から次へと話したいことが溢れ出てくる感じで、いつもいつの間にか二時間が経っていたという感じ。

毎日二時間も話していたら、いい加減話題も尽きそうなものだけれど――

かといって、話題が途切れそうになって必死に探して会話を続ける感じでもない。

自然体のまま口をついて出てくる言葉を交わし合って、たまに訪れる沈黙の時間すら心地よい。

最初に会ったときの既視感同様――こんな人との出会いって本当にあるんだ⁉　と、ことあるごとに感じてしまう。

運命の相手なんて信じていなかったけど、そんな私ですらレーヴィスさんはもしかしたらなにがしかのご縁があって出会えたのかな？　と思える人だった。

そういえば、一昨日は彼と薔薇の話をしたんだっけ？

薔薇には、こちらの世界でも私がいた世界でもさまざまな品種と名前があるっていう共通点が発覚して、「なぜこんなにも人を魅了するのだろう？」と、ちょっと哲学的な話で盛り上がった。

って――あれ？

も、もしかして――この薔薇のドレスを贈られたのって……そのせいだったりする⁉

「……っ⁉」

不意にとんでもない可能性に気づいて、いまさらのように愕然とする。

いやいや、さすがにまさか……そんなことはないはず……。

そう思い直そうとするも、完全には否定できない。

私がひきつった笑いを浮かべているのに気づいたと思しきレーヴィスさんが、「どうかしたのかね？」と尋ねてきた。

「え、いえ……その……このドレス……どうして贈ってくださったのかなって……ちょっと気になって……」

「ああ、先日薔薇について話が弾んだだろう？　その記念にと取り寄せたのだよ」

「………………」

うわぁ……まさかの嫌な予感が的中とか！

内心ドン引きしながらも、今後は話題には気を付けたほうがいいと胸の中でひそかに決意する。本当に油断ならない……。

でも、夕食を兼ねてのアフタヌーンティーはたっぷり二時間はかかるわけで……気を付けるにしても限度がありそうだ……。

私がどうしたものかと思い悩んでいる横で、レーヴィスさんは私のために淹れてくれた紅茶のカップを差し出してくれた。

その無駄のない洗練された所作にやはり見入ってしまう。

本当にレーヴィスさんは、何をしても紳士的で実に絵になる。

そもそも身にまとう空気感からして違うし、所作のみならず会話の端々に滲み出る教養などにも驚かされることが多い。

昨日、薔薇について話したときにも、多くの種類を知っていたし、薔薇にまつわる詩なんかも諳《そら》んじていたし。

確か……薔薇の蕾《つぼみ》を摘んでしまいなさいという一節だったか……。

なにかとても意味深な感じがして、ものすごくドキドキしてしまったっけ。

と、私が薔薇の詩の一節を思い出そうとしていたそのときだった。

「――ああ、無事に出会えたようで何よりです。どうやら心配は杞憂《きゆう》でしたか。まあ、互いに引き合って出会うべくして出会ったのなら当然ですかね」

唐突に冷ややかで単調な声が耳に届いて、ハッと我に返る。

声のしたほうを見れば、銀髪のウサギ男が薔薇のアーチをくぐって歩いてくるのが目に飛び込んできた。

「あああああああっ！　ウサギ男っ！」

思わず席から立ち上がると、我を忘れて声を荒らげてしまう。

「失敬な――誰がウサギですか？　紳士に向かって失礼な」

「紳士はベランダから人を突き落としたりなんてしないでしょう⁉」

「……人聞きの悪い。それじゃ吾輩はまるで犯罪者じゃないですか」

「違うっていうの？」

「違いますよ。こう見えて公爵ですし。まごうことなき紳士ですよ」

「………………」

紳士っていうのはレーヴィスさんみたいな人のことを言うのであって、断じて他人のベランダに侵入したり、あまつさえ奇妙な力を使って人をベランダから突き落とすような人を指す言葉ではない。

私が彼を睨《にら》みつけたまま、どうしてくれようこのウサギ……とハラワタの煮えくり返る思いを持て余していると、レーヴィスさんが彼に声をかけた。

「久しぶりだな。ブランシュ。君に心配されるほど落ちぶれてはいない」

「少々こちらに戻ってくるのに手こずりましてね。ですが、彼女とうまく出会えたようで何よりです。ま、さほど心配してもいませんでしたけど」

ウサギ男……ブランシュはしきりに包帯を巻いた左手首をさすりながら、意味深な微笑みを浮かべて見せる。

「──なるほど、君の仕業か」

「ええ、きっと気に入ると思いまして」

「ああ、とても素敵な女性だ」

「っ⁉」

な、なんか今、さらりととんでもないことを言われたような？

おずおずとレーヴィスさんの方を見ると、彼は艶っぽい流し目を差し向けてきた。

私は、思わず慌ててあさっての方向を向いて視線を逸らしてしまう。

「お茶会の相手にはうってつけでしょう？」

「そうだな。やはりものの価値を知る相手は喜ばせ甲斐《がい》がある。これほど喜んでもらえると──もっと喜ばせたくなる」

熱のこもった彼のまなざしにドキマギしながらも、ここぞとばかりに念を押しておく。

「……いいえ、もう十分すぎますから。毎日の贈り物もなんだか申し訳ないくらいですし。本当にいい加減程々にしていただけると……」

「君のためにしているのではない。私のためにしていることなのだから何も気にすることはない」

「……そうは言ってもですね……働かざるもの食うべからずとも言いますし。せめて何かさせていただけたらって……」

「お茶会に足を運んでくれるだけで結構。久しく誰も招いていないなかったものでね。いや、招きたいと思う人間に巡り合わなかったと言ったほうが正しいか――」

「え、でも……」

私がちらりとブランシュへと目をやると、彼は肩を竦めて言葉を続けた。

「ウサギは招かれてもいないのに勝手にお茶を飲んでいくだけなのだよ」

「………」

招かれてもいないのに勝手に押しかけてお茶を飲んでいくとか。

あまりにも自由すぎる。

でも、このウサギ男ならやりかねない。

それにしても、こんな素敵なお茶会ならみんなこぞって参加したがると思うのに、どうして誰も招かないのだろう?

この長テーブルならゆうに二十人以上は招待できそうだし、毎日人数分のカトラリーのセットだけはしてあるのに誰も招待していないだなんて……何か特別な理由でもあるのだろうか?

折に触れて気になってはいたことだけれど、なぜかおいそれと口にしてはならない話題のような気がして口をつぐむ。

「――それで、君たちはどういう関係なのかね？」

「へ？」

いきなり彼の口調がわずかながら刺々《とげとげ》しいものに転じた気がして驚きに目を瞠る。

あれ？　なんか……気のせいかもしれないけれど、嫉妬してくれている……とか？

胸が甘く高鳴るも、いやいや気のせいでしょ！　と思い直して、ウサギが私にやらかした悪行の説明に集中することにする。

「どうもこう……このウサギ男がいつの間にかベランダに侵入してきて、いきなり私を突き落としてきたんです！　気が付いたらこっちの世界にやってきていて……目と髪の色も変わってるし、なんかイタいコスプレみたいになってるわ……もう何がなんだか……」

ずっと胸にくすぶっていた憤《いきどお》りが、ウサギという捌《は》け口《ぐち》の出現によって口をついて出てきてしまう。

駄目だ。ちょっと熱くなりすぎてる。少しクールダウンしないと――

私が必死に自分を宥《なだ》めようとしているのに、ウサギは火に余計な油を注いできた。

「そんな見た目がちょっと変わったくらいで大げさすぎですよ。さすがに、元の世界とまったく同じわけにはいきません。世界が変わればルールも変わる。移動した後の世界に適応するために、大なり小なり見た目は変わってしまうものですから。貴女の存在を望む人間の願いの影響も強く受けるものですし――」

そう言うと、ブランシュはレーヴィスさんのほうへと流し目をくれた。

一瞬、レーヴィスさんの眉間の皺《しわ》が深くなった気がするけど気のせいだろうか？

「――って、ちょっとどころじゃないでしょっ！　目と髪よっ！　おまけにフリッフリのエプロンドレスよ！　変わりすぎにも程があるでしょっ！」

どうせ変わるなら……目鼻立ちがくっきりするとか、モデルのように細くなるとか、他にいくらでもあるでしょう！　という言葉はさすがに胸の内にとどめておく。さすがにそれは都合が良すぎだし欲張りすぎだ……。

「それくらい、つけ毛やつけ目だと思えばいいじゃないですか？　飾りのようなものですよ。吾輩の耳と同じようなものです」

「っ！　ウサギ耳と目と髪じゃ全然違うしっ！　っていうか、あんなひどいことしておいて『ごめん』の一言もないわけっ！　ふざけないでよっ！」

ウサギ男の人をくったような言葉についカッとなって叫んでしまった。

こんな醜態、レーヴィスさんには見られたくないのに。

ああ……もう心も頭もぐちゃぐちゃだ。

ホントにこのウサギ、とんでもないことをやらかしておきながら他人事のようにしれっと……腹が立つったらない！

悔し涙に視界が滲んで、私はついに黙りこくってしまう。

すると、ウサギ男はようやくバツの悪そうな顔をしてあさっての方向に視線を逃す。

辺りに気まずい空気が重く垂れこめた。

その重苦しい沈黙を破ったのは、レーヴィスさんの落ち着き払った低い声だった。

「なるほど、そんな事情があったのかね――敢えて聞かないようにしていたのだが」

口元を押さえて黙り込んでしまった私に、彼は神妙な面持ちで手を伸ばすと頬を包み込むように撫でてくれた。

たったそれだけのことなのに、嫌な思いがみるみるうちに解けていく。

異世界からやってきただなんて、それこそ聞きたいことは山ほどあったはず。

それなのに根ほり葉ほり聞き出すことなんてことはせずに、基本的に私が話したいことを話したいときに耳を傾けていてくれた。

それは他でもなく、私のことを慮《おもんぱか》ってくれてのことだったなんて──

改めて彼の思いやりに感謝する。

「悪いウサギには仕置きが必要だな──煮るなり焼くなり君の好きにしていい。どうしてほしいかね？」

「えっ⁉　お、おしおき……ですか？」

ものすごく悔しいはずなのに、いざ好きにしていいと言われたら困ってしまう。

私が困った顔でちらりとブランシュを見ると、彼は涼しい表情でまったく動じていないという様子だった。

だけど、よく見れば髪の中から飛び出たウサギ耳は後ろに倒れて小刻みに震えていた。それに気付くな否や、さっきまでの怒りを通り越して呆《あき》れてしまう。

「煮たり焼いたりまではしなくても……ただなぜあんなことをしたのか教えてほしいだけで。あと、元の世界にちゃんと戻してくれれば……」

「…………」

しどろもどろになりながら呟くと、一瞬、レーヴィスさんの切れ長の目が不穏な光を宿した。

いつものあたたかな空気がいきなり凍り付いたかのように感じられて息を呑む。

それは本当に一瞬のことだったけれど、気のせいかもしれないなんて疑う余地はなかった。

私の発言の何が彼の気に障ってしまったのだろうか？

理由が分からなくて……落ち着かない。

その一方で、私とレーヴィスさんの間に張り詰めた目には見えない緊張の糸にまったく気づいていない様子のウサギ男は、渋面を浮かべて面倒くさそうに口を開いた。

「なぜそんなことをしたのか？　理由はすでに説明したはずですが？　どちらにせよ元の世界に戻すだとかいう話は貴女が役目を果たしてからにしてほしいものです。第一、元の世界に戻れるかどうかは貴女次第なので私にはなんとも――」

「………」

なんでいちいちこんな上から目線なワケ⁉

加えて謎かけのようなウサギ男の意味不明すぎる言葉に呆気《あつけ》にとられる。

「そんな無責任すぎでしょ……勝手に連れてきておいて……」

「勝手に？　さすがの私にもそんなことはできませんよ」

「……え？」

「――貴女が望んでこの世界へ来たのですよ。本当は分かっているのでしょう？」

確信に満ちた口調で告げられ、その赤い双眸に見据えられて気圧《けお》される。

「そん……な……」

私が望んでいた？

そんなことあるはずがないのに……。

どうしてこんな風に決めつけることができるワケ？

でも、彼の言葉には即座に否定できない何かがあった。

私が言葉を失っていると、ブランシュは私の隣の席へと腰かけて、机の上に折りたたまれたナプキンを慣れた手つきで膝上に広げた。

すると、どこからともなく執事服の小人がやってきて彼のために紅茶を淹れる。

「さあ、その話題はもうこれくらいにしておいて今はお茶会を楽しみましょう。時は金なり。今どうにもしようがないことに浪費するのはもったいないですし」

「………」

だから、どの口がそんなことを言うワケ⁉

思わずイラついて眦《まなじり》を吊《つ》り上《あ》げる私だったけど、レーヴィスさんに目で窘《たしな》められては、それ以上の追及をあきらめるほかない。

大きなため息を一つつくと、私は渋々席に座り直した。

すると、いつものようにレーヴィスさんが優雅な手つきで自ら紅茶を淹れてくれる。

芳醇《ほうじゅん》なこの香りはアッサムティー。

おそらく彼のことだからセカンドフラッシュの茶葉だろう。だとしたら、ミルクティーで楽しむのがベスト。

果たして、私の予想どおり、彼は何も言わずともミルクを入れてくれた。

さすが分かってる――彼と視線が交わり、互いに頷き合う。

その様子をブランシュがジト目で眺めているのに気づいた私は、慌てて澄ました表情でティーカップに口をつけた。

ああ……おいしい。っていうか、おいしすぎる。

ミルクの甘みと香り高いアッサムの組み合わせは最強すぎる。

ウサギ男への苛立ちも瞬く間に溶けていく。

「お気に召したかね？」

「……ええ、それはもう……おいしすぎて……蕩けてしまいそうです」

「ああ、それは見ていれば分かる」

「……っ⁉」

不意に声色がいつも以上に艶《つや》めいて聞こえてハッと彼を見ると、前髪がかかっていないほうの黒い目が眇《すが》められた。

まるで狩人のような鋭いまなざしに射抜かれて心臓が大きく脈打つ。

どうして私が紅茶を飲むたびに彼はこんなにも危険な目をするのだろう。

いつもは紳士的なのに――この時だけは彼の中に潜む獰猛な獣の存在を感じずにはいられない。

本能が警鐘を鳴らすと同時に、どうしようもなく惹かれてしまうもう一人の自分をどうしても意識せずにはいられない。

ただ紅茶を飲んでいるだけなのに――なぜこんなにも胸が妖しく掻き乱されるのか分からず、ただ彼に動揺を見抜かれてしまわないようにと俯《うつむ》く。

顔が熱い。きっと赤くなっているに違いない。

と、そのときだった。

「――レーヴィス、ひょっとしてまだ彼女を味わってはいないのですか？」

「っ⁉」

あまりにも唐突なウサギ男の発言に度肝を抜かれる。

今……なんて言った⁉

味わうって⁉　まだって⁉　ひょっとしてって⁉

私はカッと目を見開くと、とんでもないことをさらりと口にしたウサギ男を鋭く睨みつけた。

だけど、私が口を開く前にレーヴィスさんが彼を窘《たしな》めてくれる。

「ブランシュ、誤解を生むような発言はやめたまえ。我々は君たちウサギとは違うのだよ。本能に任せてお嬢さんを味わうような趣味は持ち合わせていない」

「――まだ間に合ううちに薔薇の蕾を摘むがよい。異邦人がこちらの世界に持ち込んだ本に確かそんな詩がありましたよね？」

その節には聞き覚えがある。

それもそのはず一昨日、薔薇談義をしたときに彼が諳《そら》んじた詩の一節だった。物覚えがあまりよいほうではない私でもさすがにまだ覚えている。

でも、どうしてその詩をブランシュが⁉

驚く私に意地悪な微笑みを浮かべてみせると、ブランシュは席を立ちあがって私の肩に手をのせてきた。

「時は矢のように過ぎ去っていくもの。ここに咲いている花も今日は微笑んでいても明日は死に果てていく定め――」

「………」

死に果てていくとか縁起でもないことを言われてムッとする。

単に詩を諳んじているだけだとは分かってはいるけれど、そのわざとらしい口調からなんらかの意図が込められているのは明らかだった。

って、ひょっとして……薔薇の蕾って……私のこと!? 摘むってまさか……!?

とんでもない可能性に気が付いた私は、咄嗟に肩にのせられた彼の手を振り払おうとするも時すでに遅し。

冷笑を浮かべたブランシュは、私の腕を掴《つか》んだかと思うと後ろ手にひねりあげてきた。

「いっ――!?」

顔をしかめる私に構わず、彼は私の手をひねりあげたままレーヴィスさんの前に立たせた。

「……ブランシュ、彼女の手を離したまえ。君も紳士の端くれだろう。無礼な真似を働くべきではない」

低く押し殺したような声でレーヴィスさんがブランシュを諭す。殺気じみたまなざしに総毛だつ。

しかし、ブランシュは私を解放しようとはしない。

「もちろん、本気で彼女が嫌がるようならこんな真似はしませんよ」

「……ど、どういう意味!? こんなこと……されて嫌がらない人なんているはずが」

「白々しい。レーヴィスにならば摘まれてもいいと思っているくせに――」

「っ!?」

とんでもない発言で言葉を遮られ、頭に血が上る。

「な、な……なんて……こと……言うの……!?」

どこまで侮辱してくれれば気が済むのだろう。しかも、よりにもよって彼の前で。

怒りのあまり喉に小石が詰まったかのように言葉が外に出てこなくなる。

「摘んでほしいと願う女性の期待に応えるのも紳士の役目ではありませんか？　思うがままに摘めばよいのですよ。本能の赴くままに――」

そう言うと、ブランシュは私のドレスの胸元をコルセットもろとも力任せに引き下げてきた。

刹那、コルセットに収まっていた胸がふるんっとたわみながら外へとまろび出てきてしまう。

「きゃぁあっ!?」

悲鳴をあげて胸を手で庇おうとするも、自由が奪われているためどうすることもできない。

肩を左右に突き出すようにして身をよじると、むき出しにされた乳房が揺れてしまってかえって羞恥心が煽られる。

「う……あ……あぁっ……」

お願いだから見ないで――そんな言葉すら喉の奥に詰まったまま外には出てこない。

まさか木漏れ日の差し込む庭園で、こんな目に遭うなんて思いもよらなかった。

私は、唇をきつく噛みしめて目を伏せると、彼の視線から逃げることくらいしかできない。

それでも、熱をもった鋭いまなざしを痛いほどに感じる。

ああ、彼にこんな痴態を見られてしまっている……それを思うだけで、胸が苦しいほど締め付けられ、身体の奥が熱を帯びてくる。

身体の中心からとろりと恥ずかしい蜜が出てきたのが自分でも分かって、反射的に太もも同士をきゅっと閉じる。

「——かわいらしい蕾ではないですか。摘み甲斐もあるでしょう」

ブランシュは片手で私の手の自由を奪ったまま、もう片方の手で私の乳房を下から持ち上げてみせる。

「や、やめ……て……」

「蕾もうこんなに固くなって——摘んでほしそうにしか見えませんよ」

「う……うぅ……違うわ……そんなこと……」

「口ではどうとでもいえます。でも、身体は正直ですよ。確かめてみますか？」

「っ⁉」

彼がしようとしていることに思い当たって血の気が引く。

「……や……やめて！　それだけはっ！」

そのとき、怒気を含んだ声が響いた。

「——もうよしたまえ」

レーヴィスさんが、フロックコートを脱ぐとそのまま私の肩にかけてくれる。

「アリスへのこれ以上の侮辱は許さない」

フロックコートの下にはガンホルダーが斜めにかけられていて、彼はそこから銃を抜いてブランシュへと狙いを定めていた。

動きが速すぎて目で追うことすらできず、あまりにも一瞬の出来事に息を呑む。

それは、ツタが複雑に絡み合うような装飾が施された美しい銃だった。

日の光を浴び、鈍い光を放っている。

一触即発の緊張の糸が張り巡らされ、耳が痛くなるほどの静寂が訪れる。

その緊張を破ったのは、ブランシュのため息だった。

「——まったくただの冗談に本気になるなんて貴方《あなた》らしくもない。では、私はそろそろ失礼するとします。あいにく次の予定が控えていますので」

「………」

緊張感のかけらもないだるそうな口調でそう言い捨てると、彼は私から手を離した。

拘束から逃れようと力を込めていたため、つんのめるようによろめいてしまうも、レーヴィスさんが私の身体を支えてくれた。

紅茶と香水と彼自身の香りに包まれて、安堵のあまり泣きたくなる。

「大丈夫かね？」

「……は、はい」

耳元に甘く囁かれて頷く。

「まったく困ったウサギだ——」

呆《あき》れ果《は》てたように呟く彼の目線を追うと、懐中時計を確認しながら足早に庭園を去っていくブランシュの姿が見えた。

まさに脱兎という言葉がふさわしい鮮やかすぎる逃げっぷりに怒るのもばからしくなって脱力する。

ホントにあのウサギ……今度会ったら絶対にタダじゃおかないんだから！

レーヴィスさんに煮るなり焼くなり好きにしていいって言われたときに、つい仏心を出してしまったことを後悔する。

まさか、あんな真似を白昼堂々とやらかしてくるなんて——ホントどういう神経をしているんだか！

それこそ煮たり焼いたりしておけばよかった！

「……あ、あの……なんだか……すみません」

「いや、謝るのは私のほうだ。アリス、君が望むのであれば、ウサギは今後我が城には出入り禁止としよう」

「…………」

即座に思いっきり強く頷いてしまいそうになるも、ぎりぎりのところで留《とど》まる。

確かに——そうしてほしいのはやまやまだけれど……いろいろと引っかかることがあって躊躇《ためら》う。

ブランシュは、このお茶会に招かれてはいないものの数少ない参加者なわけで……それを私の一存で出禁になんかしてしまってもいいものなのだろうか？

そもそも、元の世界への戻り方を知っているのも今のところ、彼だけのようだし……結局、謎かけのような返事でごまかされてしまったし……。

それになによりも彼はレーヴィスさんにとっての悪友なのだから。

最初にブランシュの話を出したときの彼の和らいだ表情が忘れられない。

「——どうしたのかね？」

「い、いえ……なんでも……その……出禁は……やりすぎかなって……」

「彼が元の世界の戻る方法を知っているからかね？」

「──っ⁉」

心の中を見透かされたようでハッとする私に、彼は皮肉めいた微笑みと視線を投げかけてきた。

「やはり帰りたいのかね？」

「………………」

レーヴィスさんの問いかけには、どこか返事を躊躇わせる響きがあるような気がして、頷くことはできない。

戸惑う私に彼は、憂いを帯びた声色でため息混じりに囁いてきた。

「……いや、今の質問はどうか忘れてくれたまえ」

「え……で、でも……」

一番の理由は違うと説明するよりも早く彼が強めの口調で尋ねてくる。

「それはさておき、君は本当にもう大丈夫なのかね？」

あからさまに話を逸らすと、耳元に熱い吐息をかけてきた。

男らしいのに色っぽくも感じられる低い声が鼓膜に染みてきて思わず身震いする。

心臓がドクンッと跳ねあがり、いったん落ち着いたはずの身体がたちまち熱く燃え上がってしまう。

さっき痴態を強要されたときに灯された官能の火が、消し炭の奥でじっと息を潜めていただけでしぶとく再び燃え盛るのを待ちかねていたかのように……。

「……そ、それは……その……」

頬が熱を帯びて、居ても立ってもいられないような心地に駆られる。

「──やはり、大丈夫とは言い難いか」

「……かも……しれ……ません……」

唇がわなないて、自分でも信じられないほど声が震えてしまう。

すると、彼は私を宥めるように背中を優しく撫でてくれた。

「少し我慢していられるかね？」

「え？」

「そのままでは苦しいだろう――」

そう言うと、彼は私を抱きしめたまま、ドレスの裾をたくし上げてきた。

「――っ⁉」

ワケも分からず動けずにいる私の太腿《ふともも》の間へと手を差し込んでくる。

「……あ、あのっ……レーヴィス……さん⁉」

「安心したまえ。今鎮めてあげよう。すぐに終わる」

彼はそう言うと、ショーツの中へと手を滑らせてヒップを撫でてから……足の付け根のほうへと指を這わせていった。

鎮めるってまさか⁉

慌てて彼の手を押さえるも、すでにその長い指は恥丘の溝へと食い込んでいた。

刹那、脳に向けて愉悦の矢が突き刺さる。

「ンッ⁉　ンンッ！」

彼の指先が肉の花弁を掻き分けて敏感なしこりを捉えていた。

「あ……あ、だ、駄目……そ、そこ……は……あああ……」

すでにぬかるんでいたことを知られてしまったに違いない。

恥ずかしさのあまりいたたまれなくなる。

あんなひどいことをされて感じてしまうようなはしたない女だと、彼に勘違いされたくない。

しかし、私の思いとは裏腹に彼は苛立ちをわずかに滲ませた声で呟いた。

「なるほど、ブランシュにならば摘まれてもいいと思ったのかね？」

「っ⁉　ち、違……」

思いもよらなかった方向に勘違いされていることに気が付いて焦る。

（違うっ。彼にされたからじゃなくて……レーヴィスさんに見られたからなのに……）

よほどそんな本音が口を滑り出してきそうだったけれど、彼の指先が肉核をくすぐってきて、代わりに甘い嬌声をあげてしまう。

「や……あ……あぁああ……」

誤解を解きたいと思う一方で本音を知られることへの抵抗もあって、私は喘ぎあえぎ唇を噛みしめるとかろうじて口に出そうとした言葉を呑み込んだ。

それでも、どうしても鼻から抜けるような艶めいた声が洩《も》れ出てきてしまう。

ああ、こんなはしたない声……彼に聞かれたくない。

その一心で必死に声をとどめていると、彼は指の振動を強めながら語りかけてきた。

「声を我慢しなくともいい。思う存分喘ぎたまえ」

「そ、そんな……恥ずかしい……こと……ン……でき、な……」

「無論、悦楽に抗《あらが》っている君もたまらなくセクシーだが……男というものは、抵抗されればされるほど余計に相手を支配したくなる厄介な生き物なのだよ」

そう宣戦布告したかと思うと、彼は私の背中に手を回して身体を傾かせがてら顔を覗《のぞ》き込《こ》んできた。

ちょうどペアで社交ダンスを踊るときなんかに、女性が男性の腕に身体を預けて背中をのけぞらせ、男性が情熱的に女性の顔を覗き込むときのように――

その次の瞬間、狭い箇所へと彼の指が侵入してくる。

「――あ、あああああっ！」

たまらず鋭い嬌声をあげていきんでしまう。

それに合わせて膣壁が突然の侵入者を追い出そうと締め付けた。

だが、彼の指はそんな抵抗をものともせずに奥へ奥へとうねりながら侵攻してきた。

「ン……ンン……ンンンッ⁉」

私は口を押さえてきつく目を閉じる。

ああ……あのしなやかで優美な指がそんなに奥まで⁉　信じられない。

彼の指が私の中心をゆっくりと掻き回し始めて、こもったいやらしい水音が耳へと届き始める。

「あっ、あ……ぁ……ン……は、あ……ンン……う……ぅ」

いくらきつく口元を押さえてはいても、熱のこもった声が洩れ出てくるのを全て止めることなんてできるはずがない。

煩悶《はんもん》する私の顔を間近で見据えながら、彼は指でピストンを始めた。

同時に、親指で肉の真珠を捉えて小刻みに振動させながらこね回し始める。

「ひっ⁉　あっ！　あああっ！」

一番感じやすい箇所と奥とを同時に責められて、私は全身をびくつかせながら達してしまう。

するど、彼は私の反応から弱点を見出し、そこばかりを執拗に責め始めた。

腹部側の壁を力を込めて抉《えぐ》ってくる。

「やっ……いやっ、そ、こ……あぁ……へ、変……ん、っくぅ……」

強い尿意にも似た感覚と面映ゆい愉悦とが同時に襲い掛かってきて、私は腹部をひきつらせながらもんどりうつ。

しかし、彼の指は、情け容赦なく強弱をつけて私の膣内を掻き回してくる。

怖いほどの悦楽の高波が何度も押し寄せてきては引いていく。

その波はどんどん高く荒々しいものへとなっていき、私の理性を押し流しにかかる。

これ以上はもう駄目だと何度も思い、数えきれないほど昇りつめてしまうのに、羞恥心がどうしても最後の一押しを邪魔してくる。

もういっそ何もかも忘れて、頂点まで達することができたらどんなにいいか。

彼の淫らな愛撫の全てを受け入れることができればどんなにいいか。

そう思うのに、どうしても恥ずかしさが先立ってしまってリミットを解除できない。

あと少しで昇りつめることができそうなのに、その直前で波が引いていく感覚がもどかしい。

「それほど恥ずかしいかね？　全てを私に委ねて解き放ちたまえ」

私が深くイキたくてもなかなかイけずに苦しんでいることを察しただろうレーヴィスさんが、いったん指の動きを止めて優しく囁いてきた。

「だ、駄目で、す……こ、声とか……その、いろいろ恥ずかし……すぎ……て。深くはなかなか……

す、すみま……せん」

もうすぐそこにまで深い絶頂が来ていることだけは分かっているのに……自分ではどうすることもできずにうなだれる。

こういうのって、本当にどうしたらいいんだろう？

この先に待ち受ける未知の領域を望んでいるようで恐れてもいる。

相反する感情がせめぎあい、混乱に拍車がかかる。

だが、そんな私とは裏腹に、彼は余裕に満ちた態度で「……そうかね。ならば、こうすればいい」と言った。

そして、いったん指を引き抜いたかと思うと、トレーの上からゴルフボールくらいのサイズはあるトリュフを手にとって、それを自分の唇に挟んでから私へと口移しの要領で食べさせてきた。

「――っ⁉」

トリュフを咥《くわ》えたまま目を細める私の顔に、彼は自らのハットを脱いでかぶせる。

「さあ、これでもう恥ずかしくないだろう」

確かに……これならトリュフが轡《くつわ》の役目を果たして淫らな声を防いでくれるし、ハットがいやらしく歪む表情を隠してくれる。

「存分に達したまえ――」

そう囁かれた瞬間、これまで以上に全身が鳥肌が立つほどの興奮が走り抜けた。

な、何……コレ……確かに彼の声は男らしくありながら艶めいた響きを持っているけれど、今までこんなにも身体の奥まで響くことはなかった。

まるで、視覚を封じられた分聴覚が研ぎ澄まされかのようだった。

これまで以上にセクシーに感じられる彼の声が、鼓膜を通じて下腹部へと伝わっていって鳥肌が立つ。

「っ⁉　ンン……ぅ……」

身震いすると同時に奥から蜜がとろりとあふれ出てきてしまい、ショーツの股布から内腿へと伝わり落ちていった。

と、その次の瞬間、再び彼の指が私の膣内へと穿たれる。

「ンくっ⁉」

たまらず彼の指を思いっきり締め付けてしまい、外へと追い出しがてら蛇口の水道をひねったかのように愛液を絞り出してしまう。

しかし、彼はさらに力を込めて、膣奥へと指をねじ込んできた。

「ンンン……ッ！」

一番奥を指で抉られ、喉奥からくぐもった声がつきあげてくる。

息をつく間もなく、彼は雄々しい動きで奥を猛然と責め始めた。ついさっきまでの穏やかな愛撫が嘘のように――

「っ⁉　んくっ……ンン、ンンーっ⁉」

私は首を左右に振りたてて悶絶《もんぜつ》寸前まで追い詰められていく。

彼の指は私の弱い箇所を力任せに抉り立てつつ子宮口を果敢に穿ち、さらには蜜を塗りたくった親指で肉核を押しつぶしてくる。

奥のほうも敏感な塊も同時に刺激されると、今までに味わったことのないほどの愉悦の高波がひっきりなしに押し寄せてきて、くるおしいほどに達してしまう。

「んっ、んん、んぅううっ⁉」

ギャグボール代わりのトリュフが溶けていき、口端から伝わり落ちていく。

舌ざわりのよいきめ細やかなトリュフクリームが口の中で蕩けていくも、その味を楽しむ余裕なんてあるはずもなく、私は間断なく押し寄せてくる快感の波に溺れていく他なかった。

いきむたびに恥ずかしい蜜がこれでもかというほど溢れて出てきて、彼の指をきつく締めあげてしまうのが死ぬほど恥ずかしい。

「ああ、切なげにうねりだした――」

「ン……ンンンンっ⁉」

色っぽくもいやらしい囁きにゾクゾクしながら、彼の声だけで再度昇りつめてしまう。

それを察したと思《おぼ》しき彼が、指の動きをさらに執拗なものへと転じていく。

「ンっ…ン、ンン、ンンンンッ」

二本の指が交互に膣壁の敏感な箇所を抉ってきたかと思いきや唐突にスクリューのように最奥へと太い一撃を穿ってきて、一瞬頭の血管が切れたかのような感覚と共に深いエクスタシーに意識を塗りつぶされる。

てっきり、一度達してしまえば終わるものだと思っていたのに。

達しても達しても彼は執拗に私を責めてくる。

いやらしい囁きと共に――

彼の声と指に翻弄される心臓が今にも爆ぜてしまう寸前まで追い詰められても、あまりにも激しすぎる責めの手は緩まない。

まさか彼がこんなにも激しい一面を持っていたなんて――

慄《おのの》きながらも次第に絶頂の間隔は狭まっていき、やがてまだ見ぬ高みがついに垣間見えてきた。

「ああぁっ！　もう、もうっ⁉　いやっ、いやぁああぁああっ！」

ショコラが完全に溶けてしまった瞬間、自由になった唇からあられもない悲鳴が零れ出てきた。

息をつく間もないあまりにも激しすぎる指責めと言葉責めとに、私は我を忘れてよがりくるう。

「――これでおしまいだ」

彼の熱い吐息混じりの声が告げてくると同時に、自重をかけた渾身の力で最奥を深々と穿たれた。

全身が硬直して、怖いほどの愉悦の塊《かたまり》がついに爆ぜる。

「――ッ！！！」

私は声ならぬ声をあげて背筋を弓なりに反らして絶頂に達した。

浮遊感と同時に、身体の端々にまで快感のさざ波が拡《ひろ》がっていく。

頭の中が真っ白になり、きつく閉じたまぶたの裏が激しく明滅する。

「……あ、あ、あぁ」

私は糸の切れたマリオネットのように脱力し、心身共に弛緩していく。

こんな世界がこの世にあったなんて……知らなかった。

絶頂に次ぐ絶頂の先に迎えたさらなる高みに恍惚《こうこつ》と身を委ねて意識を手放していく。

羞恥も不安もない透明な世界。

ただただ満ち足りた思いで私は深い眠りへと落ちていった。

「……アリス……なぜ君はそんなにも……」

意識が完全にフェイドアウトする前に、苦悩に満ちた彼の呟きを耳にしたような気がした。

※　※　※

「ン……」

気が付けば私は自室のベッドに寝かされていた。

何が一体……どうなって？

思考がぼんやりと霞《かす》んで、なかなか焦点が合わない。

「——気が付いたかね？」

「っ!?」

低く落ち着いた声がすぐ傍でして、心臓が強く脈打つと同時にようやく目が覚めた。

見れば、ベッドの傍に置かれた椅子に腰かけて分厚い書類に目を通すレーヴィスさんの姿があった。

いつもとは違ってノンフレームのメガネをかけている
それがまたとてもよく似合っていてよりいっそう知的に見え、思わずじっと見入ってしまう。

仕事をしていたのだろうか？

領主なのだから当然忙しいに違いない。

現に彼の部屋の灯りはいつも夜遅くまでついたままだったし。

だけど、今まで彼はそんな素振りを私の前では一切見せることはなかった。

それもあってか、仕事モードの彼がいつもよりもぐっと男らしく頼もしく見えて妙に落ち着かない。

そんな私の内心を知るよしもない彼は、メガネを早々に外してしまうと、眉間を揉《も》みながら書類をサイドテーブルへと置き私のほうへと向きなおった。

「――もう大丈夫そうかね？」

何が大丈夫なんだろう？

と首を傾げたところで、ようやく眠りに落ちる前の記憶が一気に蘇った。

そうだ……あのウサギ男がとんでもないことをしてきて……火がついてしまった私を彼が鎮めてくれたんだった……。

彼のセクシーな囁きや指の感覚まで鮮やかに思い出してしまうや否や、全身の血が沸き立つ。

「え、ええ……その、ご、ご迷惑をおかけしまして……す、すみません」

ごにょごにょと口ごもりながらベッドのシーツを頭までかぶる。

ああああ……彼に合わせる顔がない。

あんなに恥ずかしい姿を晒《さら》してしまうなんて……。

本気で死にたくなる。

だが、レーヴィスさんはシーツ越しに私の頭を優しく撫でながら労わってくれた。

「迷惑だなんて思っていないし謝らずともいい。むしろ謝らなければならないのは私のほうだ。あのウサギが紳士にあるまじき無礼をはたらいてしまって申し訳ない」

「いえいえいえ……手を煩わせてしまったのは私のほうですし……も、もう二度とあんなことにはならないように……今後は油断せずに……自衛したいと……」

「いや、むしろいつでも歓迎しよう」

「えええええっ⁉」

思わぬ彼の返事に、私の声はひっくり返ってしまう。

い、いつでも歓迎って……どういう意味？

激しく戸惑う私がシーツの端から目だけ覗《のぞ》かせると、レーヴィスさんが笑いを噛みころしている様子が見てとれた。

うぅ……もしかして……いや、もしかしなくてもからかわれてる⁉

私がムッと眉根を寄せると、彼は指でその強張りを解しにかかる。

なんというか……対応の逐一が大人だなあと……思い知らされる。

合わせる顔がないって思い詰めているのは私だけで、彼はいつもとまったく変わりないように見えるし。

年の差か、はたまた経験の差か……それとも両方のせいか……。

ちょっと……いやだいぶ悔しいかもしれない……。

「何を拗《す》ねているのかね？」

憮然《ぶぜん》としている私に気づいたレーヴィスさんが優しい表情で尋ねてきた。

「……別に……拗ねてなんかいません……」

「そうかね？　まあ、そんな君も可愛らしいが――」

「…………」

ジト目で彼を上目遣いで睨んではみるものの、いまいち目に力が入らない。

まるで恋人同士のような甘い会話がとてつもなく気恥ずかしくて、もう一度シーツを頭からかぶりたくなる衝動を抑えるので精いっぱいだった。

「だが、君の負担になるようであれば、やはりウサギへの対策を考えなければなるまいな」

顎に手を当てると、彼は思案顔で呟いた。

「対策……ですか?」

あの自由すぎにも程があるウサギをどうにかできるものなのだろうか?

激しく疑問に思う私に、彼はしっかりと頷いてみせた。

「ああ、任せたまえ。たっぷりと灸《きゅう》を据えておく。それから、お茶会では君に指一本触れさせないようにしよう」

「………」

なんだろう?

今一瞬だけ彼がものすごーく好戦的な黒い笑みを浮かべたような気がして背筋が寒くなる。

灸をすえるって……だ、大丈夫……よね?

って、別にあんなウサギを心配してあげるようなギリなんてこれっぽっちもないのだけれど……。

「だから、懲りずにまたお茶会に足を運んでくれるかね?」

不意にレーヴィスさんから憂いを帯びたまっすぐなまなざしを向けられて、思わず笑いを誘われる。

まさかそんなことを心配していたなんて思いもよらなかった。

しかも、まるで叱られた少年のような表情をしているし。

普段とのギャップになんだかおかしくなる。

行くアテもない私をお城に置いてくれるだけでもありがたいのに、お茶会くらい強制出席で当然と思わないあたりがとても彼らしくて気持ちがほっこりと和む。

「そんなのもちろんです！　懲りずに参加させてもらうつもりでいますから安心してください」

「そうか――ならばよかった」

安堵の表情を浮かべた彼にくすぐったい気持ちになる。

まさか……完全無欠と思っていた紳士に母性本能をくすぐられるようなことになろうとは思いもよらなかった。

レーヴィスさんがほんの少し垣間見せたまるでピュアな少年のような意外な一面に顔がニヤけてしまう。

酸いも甘いも知り尽くした大人の紳士だとばかり思っていたけれど、案外子供っぽい一面もあるのかもしれない。

むしろ、そんな子供のようにどこまでも素直で一途《いちず》でひたむきなところにこそ惹かれているのだと、今さらのように気づかされる。

「というか、お茶会の参加だけじゃなくて、むしろもっと私にできることがあればなんでも仰《おつしや》ってくださいね？　お世話になりっぱなしだと申し訳ないですし」

私が申し訳なさそうに訴えてみた瞬間、突如彼の目が獰猛な光を帯びた。

その研ぎ澄まされた刃のような鋭さに身が竦む。

場の空気が異様なほどの静けさに支配された。

また何か気に障るようなことを言ってしまったのだろうか？

たまに彼が覗かせる危険な一面にすら、慄きつつもどうしようもなく惹かれている自分に気が付いてしまう。

心臓がくるおしいほど脈打っている。

彼の漆黒の瞳の奥には危険な闇が蠢《うごめ》いているかのようで……咄嗟に目を背けたい衝動に駆られながらもどうしても逸らすことができない。

その正体を知りたいと思う。

でも、知ってしまえばきっと後戻りできなくなってしまう……。

危険な予感にどうしたものか分からず、途方に暮れる。

と、そのときだった。

レーヴィスさんは、その場に固まってしまった私の頬をその大きな手で包み込むように撫でると、妖艶な微笑みを浮かべて窘めるようにこう告げてきた。

「その気持ちだけありがたく受け取っておこう。だが、あまりそういったことは言わないほうがいい。どんな難題を押し付けられるか分かったものではない」

難題のくだりが妙に意味深に聞こえてぞくりとする。

同時に、彼にならいいのに……そんな思いが不意に心の奥底から湧いてきて戸惑う。

「アリス、私以外の人間に今のような話はけして持ち掛けないと約束してくれるかね？」

「……は、はい」

「いい子だ」

レーヴィスさんがいつもの柔和な雰囲気を取り戻すと私の頭を撫でてくれた。

ホッと胸を撫で下ろす反面、その発言の意図が気になるのと、なんだか子供扱いされているような気がして複雑な思いに駆られる。

「さあ、もう寝なさい。まだ朝は遠い」

言われて時計を見る。

って、夜中の三時とかっ⁉

いろいろ刺激的なことが重なりすぎてキャパオーバーだったんだろうけれど、それにしたって寝すぎにも程がある……。

しかも、ただでさえ忙しいレーヴィスさんを付き合わせてしまうなんて……申し訳なさすぎる。

「……本当に遅くまですみません。もう私は大丈夫ですから……その、レーヴィスさんも寝てくださいね」

おずおずと訴える私に、レーヴィスさんはいたずらっぽく片眉をあげてみせた。

「それは添い寝の催促かね？」

「ち、違いますっ！」

からかいを帯びた彼の言葉に思わずムキになってしまう。

すると、彼はよりいっそう愉しげに眦《まなじり》をさげて私のこめかみに口づけてきた。

くすぐったくて心地よい……。

だけど、つい物足りないとも思ってしまう。

それも無理はない。

一度知ってしまった蜜の味をそうそう忘れられるはずもない。

思わずじっと熱のこもったまなざしを彼に差し向けてしまうも、レーヴィスさんは私に鷹揚《おうよう》な微笑みを返してくれただけで、メガネと書類とを手に悠然とした足取りで寝室を出ていってしまった。

例の隠し扉に消えていく彼の後ろ姿を眺めながら、さっきの冗談を真に受けていればどうなっていただろう？

ついそんなことを考えてしまってベッドの上で一人のたうつ。

「…………」

眠気もすっかり吹き飛んでしまって、もう一度眠りにつくのも難しそうだ。

かといって、他で時間をつぶそうにも心が千々に乱れて集中できそうにもない。

ベッドの中で悶々《もんもん》とした思いに苛《さいな》まれながら遠い朝を待つ他ないと……私は渋々覚悟を決める他なかった。

第四話　お茶会の異変、狂乱の兆し

「…………」

視線が痛い。痛すぎる。

あからさまにじーっと粘《ねば》ついたまなざしを感じながらも、私にはそれをどうすることもできない。

なぜなら、その原因を作っているのは私ではなくレーヴィスさんなのだから。

「アリス、次はエクレアがいいかね？　それとも紅茶にするかね？」

「……え、えっと」

脳裏に浮かぶのは、「ごはんにする？　お風呂にする？　それともわ・た・し？」なんてベタすぎる新婚夫婦の甘い台詞。

それと今の状況が果てしなく似ている気がしてならない。

いや、そもそも台詞の主は、新妻じゃなくて領地を治める公爵でまごうことなく紳士なわけで……

それがなんでこんなことになっているんだろう？

まさか……これが彼の言っていた「ウサギ対策」なのだろうか？

「そ、それじゃ……エクレアで……」

私がおずおずと答えると、彼は洗練された所作でエクレアを手にとり、私の口ではなく自分の口へ咥えてから口移しで食べさせてきた。

「…………」

上質なクリームとふわふわのシュー生地とのハーモニーにうっとりとする。

だが、せっかくのおいしいエクレアを味わう余裕はない。

ひたすら恥ずかしい……死ぬほど恥ずかしい。

彼の膝の上にのせられてお菓子と紅茶をいただくなんて……二人きりでも恥ずかしいというのに招かれざる観客《ギャラリー》までいるのだから。

「……いや、本当に仲睦《むつ》まじいようで何よりです。見ているだけでおなかいっぱいになりそうです。ごちそうさまです」

ティーカップを置くと、嫌味《いやみ》っぽい棘《とげ》のある口調で呟くブランシュが視線の主だ。

いたたまれない思いで俯く私とは裏腹に、レーヴィスさんはむしろほんの少し得意そうに彼へと流し目をくれて言い放つ。

「──ああ、ご覧のとおり君の入る余地は皆無だ」

「入ろうなんてつもりはさらさらありませんし、ご心配なく。そうやっていつまでもノロケていればいいじゃないですか」

「無論、そのつもりだ」

「……っ⁉」

そ、そのつもりなんだっ？

レーヴィスさんの発言に耳を疑う。

こんな……人目を憚《はばか》りもせずに口移しでお茶とかお菓子だとかを食べさせてくるだなんてフツーのカップルでもそうありえないだろう。

カップルという単語が頭をよぎった瞬間、胸がちくりと痛む。

私とレーヴィスさんは……別にカップルでもなんでもなく、恋人同士として付き合っているわけではない。

というか、私と彼とじゃ釣り合いがあまりにもとれなさすぎて、そう仮定することすらおこがましいと思ってしまう。

何せ彼は完全無欠と言っても過言ではない紳士の中の紳士――ハリウッド俳優さながらの容姿に加えて、地位にも権力にも財力にも恵まれている。

のみならず、仕事も相当できるのはまず間違いない。

そうでなければ、領主としての仕事をこなしながら、毎日のお茶会だけは欠かすことなく続けるなんてこだわりを通すことができるはずがない。

その時間を捻出するのは並大抵ではないことくらい私にだって分かる。

バルコニー越しに窺《うかが》うことができる彼の部屋にはいつだって夜遅くまで灯りがついているし、早朝から馬車で出かけることも多い。私の前ではそんな忙しい素振りは一切見せないけれど――

仕事が本当にできる人っていうのはそうそう「忙しい」という言葉を口にしないし、そんな素振りも見せないもの。きっと彼もそういうストイックなタイプに違いない。

その上、包容力の塊っていう……。

一方の私はといえば、お茶会以外は完全フリーっていうほぼニート。

しかも、異世界からやってきた異邦人という謎すぎる立場。

元いた世界でも、ごく平凡などこにでもいる末端会社員（休職中……と思いたい）。

地位も権力も財力もなければ、人より抜きんでた容姿の持ち主というわけでもない。もちろん仕事ができるほうでもなく、むしろできないほう……。

そんな私があれほどまでの紳士に丁重にもてなされて、ぶっちゃけ養われているという事実すらいまだに信じられない……。

あまりにも申し訳なさすぎて、メイドさんたちにしぶとく頼み込んでなんとかちょっとした繕い物やお茶会の準備なんかを手伝わせてもらうようになってはきたけれど、学生時代からバイトを途切れさせずに社会人となった身としては、ぶっちゃけこのままじゃ人として駄目になってしまうんじゃないかってくらいのんびりした毎日を送っている。

貴族ならではの、優雅な生活と言えば聞こえはいいけれど、私からすれば自堕落な日々にも思えて……どうにも落ち着かない。

元の世界に戻るための手段を探すべく図書館で異邦人の残した文献をあたってみたり、それまでに必要となるだろうこっちの世界についての勉強を進めたりはしているものの――やっぱり「働かざるもの食うべからず」という考えが基本にあるので、ことあるごとに罪悪感に苛《さいな》まれる。

どうして私なんかが？　という思いはどうしても拭いさることができずにいる。

ホントになんでこんなことになっているんだかワケが分からない。

彼の膝の上に座らされて、恋人同士ですら「どうなんだろう？」っていう甘々なお茶会に戸惑いながらもされるがまま委ねるほかないなんて……。

一体レーヴィスさんは何を考えているのだろう？

ちょっと……常軌を逸しているというかなんというか……。

レーヴィスさんは紳士の中の紳士と信じていたけれど……悪友が悪友なワケで……類友という言葉もあるわけだし……も、もしかしたら……結構アレな一面もあるのかも？

申し訳なくもそんな疑いが頭をもたげつつあったりもする。

っていうか、もしかしたらこの世界そのものがちょっとアレなのかもしれない。

確かに……こっちの世界のことを勉強する上で、ぎょっとするような「フツー」もチラホラあったし……。

例えば――ものすごい悪人であってもこっちの世界では野放しにされているらしい。

牢屋《ろうや》とか警察とかもない。

なんでも悪人は悪人として果たす役割をもって生まれてきたのだからその自由と権利は尊重されなければならないとかで……。

物騒この上ないけれど……それを「良し」としている世界なのだ。

それが「フツー」であるならば、ブランシュが私にやらかしたアレコレも罪に問われる類のものではなく、ただの私の「不注意」になる……。

そういえば、物語のアリスの世界だって相当アレだったような……。

でも、そもそも一般常識というものは国や時代が変わればまるっと変わってしまうものだし、住む世界が変わればそれこそごっそり変わるもの。

それくらいの認識でいたほうがいちいちショックを受けずに済むのかもしれない。

「紅茶もどうかね？」

彼に耳元で甘く囁かれて心臓が跳ね上がると、ハッと我に返る。

いけないいけない……少し気を抜くとアレコレ考え込んでしまう。

「……あ、はい……い、いただきます……」

「どの紅茶にするかね？」

「それじゃ……今日はシャングリラで……」

「では、そうしよう」

「………」

実は……お菓子のときよりも紅茶のときのほうが緊張する。

彼がいつものように丁寧にお茶を淹れてくれる様子を眺めながら、胸の鼓動がドンドンと加速していくのを感じる。

シャングリラ特有の花のように甘い香りに心ときめかせながらも、それ以上に彼を意識してしまう。

ややあって、レーヴィスさんは、紅茶の表面に息を吹きかけて少し冷まして一口含むと、私の顎を上向かせた。

ああ……やっぱり。

壁ドンなどと同時に一時騒がれていた顎クイは何度されても慣れない。

心臓の高鳴りがピークを迎えると同時に優しく唇を奪われた。

「……ン……」

唇からとろみのついたあたたかな紅茶が流れ込んでくると、花の香りが強まって深みある味が口へと広がっていく。

夢見心地になるも、それに浸るよりも早く柔らかな舌が口中へと侵入して私の舌に絡んできた。

「ン……ン……っ……っふ……」

官能的な口づけに甘い息と声とが洩れ出てしまう。

滑らかな感触の彼の舌がゆるやかに歯列をなぞったかと思いきや、いきなり根本の太い血管を強くしごいてくる。

そうかと思えば、舌ごともっていかれそうなほど情熱的に吸われてしまう。

二人きりのときでもこんなキスとんでもないのに……お茶会ではブランシュに見られながらっていう……今、なんか舌打ちが聞こえたような気もするし……。

でも、こんなキス見せつけられるほうとしてはたまったものじゃないっていうのも、ものすごくよく分かる。

「ン、ううぅう……ンンっ⁉」

甘ったるい愉悦が幾度も爆ぜて心身を昂ぶらせていく。

閉じたまぶたが小刻みに痙攣して、息も淫らに弾んでしまう。

キスだけなのに……いや、キスだけだから？

数えきれないほど達しているのにどれもが浅くて、まるで焦らしに焦らされているかのよう。

いや、もう……この状態で二時間って……もはや拷問に近い。

まさか……こんなにエロティックなお茶会、思いもよらなかった。

ブランシュを私に近づけまいとしての「対策」というのは分かるけれど……ちょっとさすがにこれ

では私のほうがいろんな意味で参ってしまいそうだ。

「…………っ」

頭の芯が蕩けてぼんやりとしていると、ようやく彼が唇を解放してくれた。

彼の唇と私の唇をつなぐように唾液のアーチができて宙へと溶け消えていく様子が、よりいっそういやらしいことをしている実感を強調してくる。

なぜこれほどまでに淫らなキスをしてくるのだろう？

私は濡れたまなざしでレーヴィスさんに問いかける。

しかし、いつもと同じく彼はクールな表情を崩すことなく、ミステリアスな瞳に獰猛な光を宿したまま何も答えようとはしてくれない。

毎日毎日こんなキスをされて……正気でいられるはずがない。

私のほうは、もうとっくに身も心も彼に奪われてしまっているのに――彼の本心はまったくといっていいほど分からない。

彼の隙の無さをうらめしく思う。

いつまでこんな淫らなお茶会を続けるつもりなのだろう？

彼の本心を尋ねたくても……そんな勇気あるはずもない。

私は切ない思いと昂ぶり切った心身を持て余しつつ、誰にも気づかれないようにそっとため息をついた。

だから、気が付かなかった。

ブランシュの目がいつになく鋭く細められていたことに――

※　※　※

気の遠くなるほど長く感じられたお茶会を終えて部屋へと戻ってきた私は、たまらずベッドの上に倒れこむ。

「はぁ……っ、疲れた……」

気分はフルマラソンを走り切ったランナーのよう。

もう……なんというか、お茶会の間、二時間もずっとレーヴィスさんにドキドキされっぱなしで……心臓が壊れてしまうのではと気が気ではなかった。

あんな風にレーヴィスさんの膝の上でお茶をいただくようになってもうどのくらい経つだろう？

毎日が同じことの繰り返しで……正直曜日感覚すら希薄になっている。

にもかかわらず、まったく慣れない。

っていうか、あんな刺激的なキス……何度されても慣れるはずがない。

紅茶の香りに包まれた甘やかなキスを思い出して、そっと唇に触れてみる。

今日のお茶会では、一体何度キスされただろう？

何度も何度も……紅茶を飲むたびに淫らに口づけられたせいで、まだその余韻が唇に残っている。

急に恥ずかしくなってベッドの上で枕をぎゅっと抱きしめてのたうつ。

どうしてあんなに淫らなキスをしてくるのだろう？

勘違いしてしまいそうになる。

少しは……期待してもいいということ？

「って！　いやいやいや！　ないないっ！　絶対にありえないからっ！」

身の程知らずな可能性を全力で否定しにかかる。

それでも、やはりもしかして……という気持ちも捨てきれない。

挙句の果てに、逆に……どうしてキスだけなのだろう？　なんていう疑問まで湧いてきて死にたくなる。

そう、レーヴィスさんはキス以上のことは何もしてこない。

それ以上の淫らな行為はあのたった一度きり。

「……っ」

彼の指を思い出すや否や、下腹部がひくんっと痙攣してしまう。

ただでさえ二時間も誘惑されて下着が用をなさないほど濡れてしまっているのに、さらなる蜜が溢れ出てきてしまった。

思い出しては駄目だと思うのに、何度も何度も思い出してしまう。

というか、あんなの忘れられるはずがない。

死ぬほど恥ずかしくて恥ずかしくて……忘れたいのに忘れられない。

むしろ、忘れようとすればするほど逆に生々しいまでに彼の指や艶めいた声を思い出してしまう自分がもどかしい。

「……レーヴィスさん、一体どうして？」

私がやりきれない思いを持て余しつつ、ため息混じりに呟いたそのときだった。

いきなりバルコニー側のドアが軋《きし》んだ音を立てて開いた。

「――っ⁉」

ハッと見れば、何者かがバルコニーのガラス戸から部屋の中へと身を滑り込ませてくるシルエットが薄手のカーテン越しに見えた。

私は弾かれたように身を起こすと、咄嗟にサイドテーブルに置かれた呼び鈴に手を伸ばして、語気鋭く侵入者に問う。

「――誰っ⁉」

「怪しい者じゃありません。吾輩ですよ吾輩」

カーテンを後ろに払いのけるようにして姿を現した侵入者は、悪びれる様子もなくあっさり正体を明かしてきた。

でも、その銀髪の頭からのぞくウサギ耳がいつもより落ち着きなく動いているところを見ると、さすがに侵入者という自覚はあるらしい。

「吾輩と不審者と間違えるなんて失敬な――」

「って、いやいや、思いっきり不審者だからっ！　そもそも、どうしていちいちベランダとかから侵入してくるワケっ⁉　部屋にはドアっていう便利なものがついているって知らないの？」

私がすかさずツッコミを入れると、ブランシュはカチンときたようでひきつった笑いを浮かべて眉をひそめた。

「それくらい知っています。ただ仕方がないのですよ。レーヴィスの目を盗んで貴女に近づくにはこうするほかなかったのです。なぜかガードが異様に堅くなってしまいましたから……」

「なぜかって……当然でしょう⁉　あんなひどいことをしておいて！」

ものすごく心外という表情をしてみせる彼に思いっきり反論してやる。

だけど、ブランシュは首を傾げてみせるだけ。

「ひどいことなんてしていませんよ。いちいちまだるっこしいやりとりを簡略化してさしあげようとした吾輩の善意を疑うのですか？」

「……善意って」

「だって、ただ単に遅いか早いかっていう違いだけでしょう？」

「っ⁉　はあぁあ？」

な、な、何が遅いか早いかってぇえええぇっ⁉

問い詰めたかったけれど、必死にその衝動を抑え込む。

きっとロクでもない返事しか返ってこないのは目に見えていたから。

その代わりに、きつく睨みつけてやる。

だけど、ブランシュはあさっての方向へと視線を移してしれっとしている。

ほんっと……こいつだけは……いつか……。

殺意を覚えながらもこういうタイプが堂々と犯罪を犯すんだろうな……と思う。

生まれついての犯罪者というかなんというか、悪いことをしているっていう自覚がないのが一番性質が悪いってこういうことなんだと腑に落ちる。

「……それで……何か用？　また私をバルコニーから突き落とすつもりじゃないでしょうね⁉」

「そんなことしませんよ――まだ貴女は役目を果たしていませんし」

「っ⁉」

っていうか……役目を果たしたら、また突き落とすつもり？

ホントこのウサギだけは……何をしでかすか油断ならなくて気が抜けない。こっちは冗談のつもりだったのに冗談になっていないとかしゃれにもならない……。

「その役目って一体何なの？」

「さあ？　それは自分で考えてください」

「ちょっと！　丸投げな上に無茶ぶりとかっ⁉　どんだけよ！」

「――分からないといったほうが正しいのですよ」

不意にブランシュが真顔になって、私は驚きに口をつぐんだ。

いつになく真剣で……どこか思いつめたような彼の表情に毒気を抜かれる。

「どうすれば彼を救えるのか、分かれば苦労はしません」

「………」

彼というのがレーヴィスさんを指しているのは明白で――

でも、どうして「救う」必要があるのだろう？

地位も名誉も財力もあって何一つ不自由なさそうに見えるのに。

「……そりゃ……レーヴィスさんにはものすごくお世話になっているし……私にできることがあればなんだってしたいとは思ってはいるけれど……救うだなんて大げさじゃない？　私にそんな力があるようには思えないし……」

「大げさ、ですかね？　確かにそうかもしれません――」

寂しげな目を伏せて耳までしおれたように後ろに倒す彼の様子に、うかつにも庇護《ひご》欲を煽られそうになって私は慌てて目を背けた。

いきなりこんなのってズルい。調子がくるう。

「ところで、今、『彼のためならなんでもする』って言いましたよね？」

「うっ……」

珍しくしょげてたのは本当に一瞬のことで、ブランシュはすぐに腹黒な笑いを浮かべて意地悪に目を細めてきた。

嫌な予感……前にレーヴィスさんに注意されたことを思い出して撤回しにかかる。

「そ、それは言葉のアヤで……」

「貴女の世界にはブシという職業があるのですよね？　ブシに二言はないとか――」

「私、武士じゃないしっ！　ただの会社員だしっ！」

「ああ、それは世を忍ぶ仮の姿というものですね」

「全然忍んでないしっ！」

しれっとボケたおすブランシュに食ってかかるも、さらなるボケに流されるだけ。

私が悔しさに歯噛《はが》みしていると、彼は胸元から何かを取り出して私の目の前へと突き付けてきた。

「彼のためになんでもする心意気があるならば、これを飲んでもらいましょうか？」

「っ!?　な、何……コレ？」

目の前に突き付けられたのは、果たして小瓶だった。

ド紫色のいかにも身体に悪そうな……毒々しい液体が中に入っている。

小瓶の細くなっている箇所にはリボンが結ばれタグがかけられていた。

そのタグには、「drink me」と書かれている。

ああ、コレ知ってる。確か『不思議の国のアリス』にも出てくる身体が大きくなったり小さくなったりする薬だっけ？

でも、持ち主が持ち主なのできっとロクでもない薬に違いない。

「今度は毒殺するつもり？」

「だから、どうしていちいち吾輩を犯罪者扱いするのですか？」

「自分の心に聞いてみたら？　きっと思い当たるところも多いはずよ」

「心外な……まあ、毒じゃありませんから、さ、ググッと飲んでしまいましょうか？」

「嫌よ！　見るからにあやしいしっ！」

私が断固抵抗する姿勢を見せると、ブランシュは目を細めて声を潜めた。

「――ですが、そろそろ限界でしょうに」

「っ⁉」

意味深な言葉に心臓が跳ねあがる。

「ど、どういう……意味よ⁉」

「自分でも本当は分かっているのでしょう？」

「………」

いきなり、頬を彼の指で挟みこむように掴まれて、唇が半開きになる。

ブランシュは、瓶の蓋を親指で外すと、中の液体を私の唇へと注ぎ込んでいく。

「――っ⁉」

飲んでたまるかと、そのまま吐き出そうとしたけれど、その前に彼がこう告げてきた。

「この薬を飲めば自分の本心に素直に従うことができるでしょう。もういい加減自分を偽《いつわ》るのはやめにしませんか？」

「………」

私の本心⁉　一体彼が私の何を知っているというの⁉

憤りが胸を焦がすも、謎めいた液体は口に含んだまま――彼の言葉が耳にこびりついて離れない。

「――貴女も彼も……まったく人間という生き物は面倒くさい。物事をわざと複雑にしたがる。ただ全てを天に任せて本能に従えば何もかもうまくいくように世の中はできているのに。理解不能です」

ブランシュの言葉が胸に刺さる。

確かに……悔しいけど彼の言うとおりだと思う。

認めるのはやっぱり悔しいけれど。

「さあ、飲みなさい。その面倒な殻を破りたいと少しでも願うのならば」

その言葉はどうしようもなく私を誘惑する。

面倒な殻……私だって破れるものなら破りたい。

それは、この世界にやってくる前からずっと思っていたこと。

動く前にあれこれ考えては悩んで不安になって、自分が本当にやってみたいことへと足を踏み出すことを躊躇してばかり。

周囲の目を気にして……不安ばかりが大きくなって……。

きっと今も同じ。

彼からどう見られるか、どう思われるかが気になって気になって……怖くて仕方ない。だからこそ、自分の本心から敢えて目を逸らしていた。

相手が特別であればあるほど拒絶されるのは怖い。傷つくのは怖い。

臆病な性格をそう簡単に変えられるはずもないし。

それでも……ほんの少しでも変われる可能性があるのだとしたら？

「……っ」

ブランシュの赤い双眸に射抜かれながら、私は口の中の液体を恐るおそる飲み下した。喉が焼けるような感覚に顔をしかめて喉元に手を当てる。

「それでいいのです。少しは貴女を見直しました」

上から目線な発言と共に、ブランシュは私から手を離した。

私は喉元を両手で庇ったまま、肩を上下させながら彼をきつく見据える。

「さてと、それではそろそろお暇《いとま》します。次の予定が控えていますので――」

いつものように懐中時計で時間をチェックすると、ブランシュはいそいそと部屋から出ていきバルコニーへと姿を消した。

相変わらずやることなすこと不審者極まりない。

「………………」

それにしても、なんだかみぞおちのあたりが焼けるようだし妙に息苦しい。

一体あの薬って何だったんだろう？

私は息を弾ませながらふと鏡に目を運んで……愕然とした。

「な、何……これ⁉」

デコルテに禍々《まがまが》しい文字が刻まれていたのだ。

「eat me……って……」

まさか、私を食べてってこと⁉

そう気づくや否や、全身の血が沸騰した。

食べてほしいと思う相手だなんて一人しかいない。

って、この薬ってまさか……媚薬っ⁉

「……うそ……でしょ……そんな……」

ただでさえ二時間も煽られたというのに、挙句の果てに媚薬だなんて。

まさに火に油を注ぐも同じこと。

ブランシュの策略に自らはまってしまったことを後悔するも、時すでに遅し。

早くもくるおしいほど血が沸き立ち、下腹部が疼き始めてしまう。

淫らな興奮が堰《せき》を切って怒涛《どとう》のごとく押し寄せてきた。

「ああ……いや……だ、駄目……」

私はその場にうずくまると、必死にやり過ごそうとする。

しかし、お茶会の二時間と媚薬の相乗効果のせいだろう、以前指で鎮められたとき以上の情欲の炎に身も心も焼き尽くされてしまう。

「あ、あぁぁ……」

なんとか鎮めなければ――

私はドレスの裾から中へと手を差し入れると、恥を忍んでショーツ越しに秘所へと触れてみた。

たったそれだけのことなのに、想像以上の甘い悦楽に貫かれ悩ましい声を洩らしてしまう。

「ン……あ、あぁ……一体どうし、たら……」

熱を帯びて濡れそぼつ秘割れを指先に感じて熱い吐息混じりに呟く。

白々しい。どうしたらいいかなんてこと、本当はとっくに分かり切っている。

でも、その先に待ち受けるものを想像するだけで気がふれてしまうような羞恥に襲われる。

やっぱり駄目だ。

今までかろうじて踏みとどめてきた一線を越えるわけにはいかない。

私は意を決して指をショーツのさらに奥へと忍ばせてみた。

「あっ⁉　あぁ……ン……や、あぁ……」

くちゅりという音と共に、指が奥へと侵入する感触に身震いする。

自分でなんとか始末をつけようとしてのことだったけど逆効果だった。

ただでさえ何度も意識した彼の指をまざまざと思い出してしまい、鎮めるどころかかえってより
いっそう昂ぶってしまう。

「ン……あ……レーヴィスさ……ん……」

彼を思い出しながらゆっくりと膣内で指を動かしてみるだけで、待ちかねていたかのように膣壁が
絡みついてくる。

ああ、まさかこんなにも欲していたなんて……。

自分のことなのに、いまさらのように気づかされて愕然とする。

欲しい……彼の指が……いや、指じゃなくて……もっと……。

「……あ……ぁ」

鼻の奥が絞られるかのように痛み、涙で視界が滲む。

何度も気持ちをごまかしてきたけれど、いつの間にかこんなにも彼のことを好きになってしまっていたなんて。

不意にブランシュの言葉が脳裏によみがえった。

ただ本能に従えばいいだけ――

いとも簡単なことのように言い捨てた彼がうらめしい。

でも、もしかしたら……彼の言うとおりなのかもしれない。

私がかってに難しいことだと思い込んでいるだけかもしれない……。

超えてはならない一線だと決めつけているだけかもしれない。

「………」

怖い。でも、もうこれ以上自分をごまかすことはできそうにもない。

私はわななく唇を噛みしめながら、彼の部屋へと続く隠し扉をじっと見つめる。

この先に――レーヴィスさんがいる。

それを意識するだけで全身の隅々までに面映ゆい衝動が拡がっていく。

扉がまるで磁力を発しているかのように、私の目を捕らえて離そうとしない。

もう抗えない……。

私はゆらりと身体を起こすとベッドのサイドテーブルに置いていたストールを羽織って、夢遊病患者のようにおぼつかない足取りでゆっくりと扉に向かって歩いていった。

一歩足を進めるたびに、今にも爆ぜてしまうのではと不安になるほど心臓が高鳴って緊張が高まっていく。

まさかこの扉を自分の手で開こうとする日がくるなんて——思いもよらなかった。

※　※　※

ずっと努めて気にかけないようにしてきた。

彼の部屋と直につながっているこの隠し扉——

他にも城内に客用寝室はいくつもあるはずなのに、なぜ彼は私にこの部屋をあてがったのか気がかりだった。

単なる偶然に過ぎない。

何度もそう思い込もうとしたけれど、もしかしたらという思いも拭い去ることはできなかった。

だけど、きっと曖昧にしておいたままのほうがいいに違いない。

なんでも白と黒に分けられるほど世界は単純じゃない。特に大人の世界は——

そう頭では分かっているはずなのに、本能がこれでもかというほど、もうこれ以上は無理だと訴えかけてくる。

自分の本心に気づいてしまった以上、それに従うべきだと私の背中を押してくる。

この扉の向こう側に彼がいる。

そう思うだけで心臓がくるおしいほど早鐘を打つ。

彼が部屋にいることを願う一方で、どうかまだ彼が部屋に戻っていませんようにとも願ってしまう。

矛盾する思いに苛まれながらも、私は意を決して震える手でドアを控えめにノックしてみた。

「──アリス、どうかしたのかね?」

「っ⁉」

壁越しに彼の声がして、ビクッと大げさなほど反応してしまう。

(ど、ど、どうしよう!)

今すぐここから逃げ出したい衝動に駆られるも、足が床に縫いとめられたかのように動けない。

とんでもないことをしてしまった──と、今さらのように青ざめる。

しかし、もう自分ではどうすることもできずその場に石のように固まっていると、ややあって、彼の足音が近づいてきてドアが開かれた。

「何かあったのかね?」

レーヴィスさんの姿を目にした瞬間、全身の血が沸騰する。

しかし、アスコットタイのシャツをラフに着崩したレーヴィスさんはメガネをかけていた。まだ仕事をしていたに違いない。

仕事の邪魔をしてはならない。

そんな思いが頭をもたげた途端、熱病に浮かされたような気持ちがようやく少しだけクールダウンして我に返る。

「あ、す、すみません……お仕事中でしたか？」

「ああ、だが、構わない。他ならぬ君のためならいくらでも時間を作ろう。さあ、入りたまえ」

「いえ……でも……仕事の邪魔をしては……」

「もうそろそろ切り上げようと思っていたところだ。気にしなくてもいい」

「……そ、それじゃ……お言葉に甘えて……失礼……します」

たぶん私のために嘘をついてくれたのだろう。

申し訳なく思うと同時にありがたいとも思う。

あたたかな言葉をしみじみと噛みしめながら、私は彼の部屋に招き入れられた。

隣り合わせでありながら、いつもバルコニー越しにしか眺めることのできなかった部屋についに足を踏み入れることができた感慨に耽りながら、私はおずおずと部屋の中を見回してみる。

濃い藍色の壁紙はきっと特注のものなのだろう。薔薇の庭園でのお茶会の様子が描かれていた。

優美な曲線を持ちながらも落ち着いた雰囲気を醸し出す調度の数々は、ダークブラウンを基調としていてシックな部屋になじんでいる。

細やかな浮き彫りと塗りが施された暖炉のマントルピースの上には、アールヌーヴォー調の枠を持つ大きな鏡が置かれ、その前には等間隔にティーカップが飾られていた。

カップには大振りの薔薇が一輪ずつ活《い》けられていて部屋の空気を和ませている。

その手前にはローテーブルを囲むようにソファが置かれており、少し離れた窓際にはバルコニー越しに見えていた書斎机があった。

机の上の分厚い書類の傍に、一人用のティーセットが置かれているのに目が引き寄せられる。

単色の薔薇の絵付けがほどこされたカップに揃えのポット。シンプルでありながら優雅な印象を与えるそのデザインは、いかにもレーヴィスさんらしいものでつい見入ってしまう。

それにしても、男の人の部屋を訪れるのは初めてということもあってだろうか？　それともレーヴィスさんのプライベートエリアについに足を踏み入れてしまったからだろうか？

なんだか妙に緊張してしまって落ち着かない。

私がそわそわしていると、レーヴィスさんのほうから話を切り出してきた。

「お茶を飲みにきたというワケではなさそうだが――」

「あ、は、はい……すみません……」

「謝る必要はない。むしろ、ようやく君が私の部屋を訪ねてきてくれたことをうれしく思う」

「――え？」

それって……どういう意味だろう？

驚きに目を瞠る私に、彼はそれ以上は説明しようとしない。

少しいたずらっぽい目を眇めて、優しく微笑みかけてくるだけ。

その視線に、せっかく収まりかけていたとばかり思っていた淫らな衝動がぶり返し、私は咄嗟に彼から目を逸らしてしまう。

「それで、何か私に用かね？」

「え、っと……その……」

なんと切り出したものか……と考えあぐねて言葉に迷う。

だけど、レーヴィスさんはいつもと同じように答えを急《せ》かしたりはしない。

私の返事を静かに待っていてくれる。

「……ちょっと変な薬を……飲んで……しまって……いや、飲まされたというか……」

確かに口に無理にふくまされたけれど最後は自分の意志で飲んだ手前、余計にどう説明したものか分からずぎこちない調子になってしまう。

だけど、私の口ごもりながらの説明を耳にした瞬間、レーヴィスさんの表情から笑いが消えた。

「またウサギかね？　いつの間に――懲《こ》りぬ男だ。君には近寄らせないよう厳重に警備させていたはずだが」

いつも以上に低い声には珍しく不快感がありありとにじみ出ていて驚かされる。

珍しいというか……もしかしたら初めてかもしれない。

まさかここまでの反応が返ってくるとは思いもよらず面食らう。

「――お茶会のみでは飽き足らず、とうとう君の部屋にまで現れるようになってしまったか。何か新たな対策を練らねばな。一匹目にしたら十匹はいるくらいの心づもりでいたほうがいいようだ」

まるで害虫か何かっていうレーヴィスさんの口ぶりだけど、案外言い得て妙かもしれない……。

いや、もっと性質が悪いような気がしなくもないけれど……。

私は彼に気づかれないように熱いため息を逃がすと眉根を寄せた。

……はずだったのに、気づかれてしまう。

「アリス、つらそうだが大丈夫かね？　それが何の薬かは分かるかね？　症状は？」

「い、いえ……そ、その……」

大体予想はつきはするものの、さすがに媚薬だなんて口にすることは躊躇《ためら》われる。

私が困り顔で言葉に詰まっていると、レーヴィスさんは私の身体を抱き寄せて心配そうな面持ちで見つめてきた。

「顔が赤い。少し熱があるようだな——」

大きな手で額を包み込まれて、胸が甘く高鳴る。

レーヴィスさんの身に着けている香水と彼自身の香りとがぐっと強まった気がして眩暈を覚える。

これも薬のせいだろうか？

感覚が異様なまでに研ぎ澄まされて、いつも以上に彼を意識してしまう。

「すぐに医師を呼びにやらせよう。それまで私のベッドに横になっていなさい」

「いえ、何もそこまでしなくても……」

仮病を使っているような後ろめたさに私は慌てふためくも、彼に軽々と横抱きにされてしまう。

と、そのときだった。

デコルテを隠すように羽織っていたストールをうっかりとり落としてしまう。

「っ⁉」

しまった！

慌ててデコルテを両手で覆い隠すも、もう遅い。

彼の鋭い目は、すでにそこに浮かび上がった文字を捉えていた。

「その文字は——それも薬のせいかね？」

「……た、たぶん」

「隠さずに見せなさい」

「……は、はい」

躊躇いながらも、手を下ろすほかない。

渋々手を胸元から引きはがすや否や、文字の浮かび上がった箇所を彼の視線が射抜くのを感じて頬が熱を帯びる。

「これは……君の世界の文字か。なんと書かれてあるのかね？」

「う、うぅう……そ、そ、それは……」

内容が内容だけに……ものすごく恥ずかしい。

だけど、ごまかすワケにはいかない。

私は深呼吸を繰り返すと、上ずった声で答えた。

「……eat me って……書いてあります……」

その意味を尋ねられたらどう答えたものかと思いあぐねながらも質問に答える。

「――それはどういう意味かね？」

「……っ!?」

やっぱり……意味を尋ねられないはずがない。

言葉に詰まるも、これは避けては通れない道なのだからと自分の胸に言い聞かせて、思い切って打ち明けてみた。

「……わ、私を……食べて……って……意味です……」

「なるほど……」

顎に手をあてると、レーヴィスさんは思案顔で口を閉ざす。

沈黙があまりにもいたたまれなくて、私は彼の腕の中で俯いて力いっぱい目を瞑《つぶ》る。

やっぱり、らしくもない勇気を振り絞ったりするんじゃなかった。

もうすべてなかったことにして自分の部屋に逃げ帰りたい。

後悔と自己嫌悪とが止まらなくなって消えてしまいたくなる。

「それで私の部屋を訪ねてきたというわけかね……」

「……す、すみ……ません……どうしたらいいか……分からなくて……」

「分からない？　そんなはずはない。簡単なことだ」

そう言うと、彼は私の顎に手をあてて自分のほうを向かせた。

距離があまりにも近くて、前髪越しに彼のミステリアスな赤い瞳が不敵に輝いていることに気が付くや否や心臓が妖しく脈打つ。

「君は他でもなく私に食べられたいと思ってくれた――違うかね？」

「……っ!?」

単刀直入に回答を告げられ、私は返事をするのも忘れて固まってしまう。

だけど、彼は私の沈黙を肯定と受け取って穏やかに微笑みかけてくれた。

「光栄なことだ」

「で、でも……さすがにそんなことまでは……」

「何か問題でもあるのかね？」

いつもと変わらないポーカーフェイスでなんでもないことのように言われて、私は自分の耳を疑う。

eat me♡

「え⁉　だって……そんなの……ご迷惑じゃ……」

私が申し訳なさそうに言うや否や、彼の目が凄みを帯びた。

「――なぜそんな風に思ったのかね？」

「え⁉」

「私の思いは行動でずっと伝え続けていたつもりだったが――届いていなかったようで残念だ」

いつもと変わらない落ち着き払った口調だったけれど、失望を滲《にじ》ませた彼の声色に突き放されたような気がして私は慌てて食い下がる。

「ち、違います！　そ、そうじゃなくて……ただ……私とレーヴィスさんとじゃつり合いが取れなさすぎですし……その、も、もしかしたら……とは思ってはいたんですが……その、勘違いしちゃダメだって、ずっとずっと自分に言い聞かせていて……」

今までずっと胸の奥に押しとどめていた思いの丈が堰《せき》を切って溢れ出てきてしまう。

ああ、こんなに狼狽《ろうばい》して、言わなくてもいいことまで全部垂れ流すとか、なんてみっともないんだろう……。

きっと呆れられてしまったに違いないと思って力なくうなだれる。

部屋が重い沈黙に支配されてしまう。

だが、しばらくして、レーヴィスさんの深いため息がそれを破った。

「なるほど、そうだったのかね。てっきり、脈がないものとばかり思っていたのだが」

「えええっ⁉」

それは私の台詞だしっ！

と、心の中で鋭く突っ込みを入れるも、続く彼の言葉にぐうの音もでないほど反撃されてしまう。

「――考えてもみたまえ。あれほど分かりやすく誘っているにもかかわらず、君は私の部屋を一度も訪れはしなかったのだよ？　そう思うほうが普通ではないかね？」

「うぅうぅ……」

確かに……それはごもっとも……。

なんとも思っていない相手に毎日のようにあんなに淫らなキスをするはずがない。

それは分かってはいたけれど……それでも、やっぱりいろんな理由をつけて気のせいだと自分に無理やり言い聞かせてきただけに耳が痛い。

「それとも、私が誰にでもあのようなキスをするような軽薄な人間とでも思っていたのかね？」

「そんな！　め、滅相もないです！」

あ、でも、なるほど。彼の立場からすれば……そういう解釈になるんだ。

目からウロコというかなんというか、視野が狭くなっていたことにいまさらのように気づかされる。

「た、ただ……ですね。やっぱり、女性のほうからというのは……さすがに抵抗が」

「城の主が食客に手を出すというのも問題がありはしないかね？」

「……確かに」

一つひとつ彼に論破されていくたびに私の疑念は消えていき、代わりに胸の鼓動がよりいっそう乱れていく。

やっぱり気のせいじゃなかった？

ってことは……私は彼にとって特別な存在だっていうこと？

そう思い至るや否や、死ぬほど恥ずかしくなって両手で顔を覆い隠した。

「どうしたのかね？」

「い、いえ……な、なんだか恥ずかしすぎて……」

「――まだ何もしていないはずだが？」

笑いを含んだ声色で言うと、レーヴィスさんは顔を覆う私の手を解いてから、唇に自身の唇を優しく重ねてくる。

「……ンっ」

もう幾度も交わしてきたはずなのに、そのキスはいつもの官能的なものとはまるで違っていた。

ただ唇を重ね合わせるだけの穏やかなキス。

なんて心地よいんだろう。

あたたかくてやわらかくて……彼に全てを包まれるかのよう……。

ようやく互いの心が通い合ったのだという実感と感動が静かに胸に押し寄せてきた。

「――では、改めて存分にいただくとしよう」

低く色っぽい声色で耳元に囁かれただけで、いったんは鎮まったかに思えた身体が再び疼き始める。

彼は私を横抱きにしたまま、寝室へと移動していった。

明るい月の光が差し込む部屋の深緑色の壁紙にはアラベスクの模様が描かれ、同色の天蓋を持つ大きなベッドが置かれている。

彼はそのベッドへと私の身体をゆっくりと下ろしてくれた。

そして、私を見下ろしながら、アスコットタイを外してシルクのシャツを脱ぐ。

シャツの下から現れたのは、男らしい太い首にがっしりとした肩、鍛えられた胸板――まるで美術館に飾られた彫刻のような裸身。

どうやら随分と着やせするほうらしい。

想像以上に男らしいセミヌードをまともに正視できずに、私は視線を宙に落ち着きなくさまよわせる。

彼はシャツを脱ぎ捨てると、私へと覆《おお》いかぶさってきた。

ベッドがかすかに軋んだ音を立てて、羞恥と緊張とを煽り立ててくる。

やがて、彼の唇が鎖骨に押し当てられ、「eat me」という文字が浮き出たデコルテへと這っていく。

同時に、私のドレスの胸元を引き下げて乳房を露出させると、大きな手で包み込むように揉みしだき始めた。

「……ン……う……ンン……」

彼の指が柔らかな乳房に食い込んで、こね回す様子が淫らな興奮を掻《か》き立《た》ててくる
私は彼を見上げながら、必死に唇を噛みしめて声を我慢する。

そんな私を彼は挑むようなまなざしで射抜くと、いきなり胸の頂《いただき》を吸い立ててきた。

「っ⁉　あああっ！」

たまらず軽く達してしまい、背筋をアーチ状に反らして身を固くする。

すると、その鋭敏な反応に触発されたのか、彼は私の胸を揉みしだきながら中央へと寄せて、左右の乳首を交互に吸い始めた。

「……あ、あぁっ、ンン……あぁああっ！」

敏感なしこりを吸われるたびに、淫靡《いんび》な快感が下腹部のほうへと伝わっていく。

彼の舌が乳首を強めに弾いたかと思うと、不意に甘噛みされ、痛みと愉悦が入り交ざった複雑な悦楽が爆ぜる。

こんな風にされると、本当に食べられてしまうような錯覚に陥って、余計に妖しい気持ちを駆り立てられる。

「――あ、あああ……そ、そんなに……食べないで……」

逼迫した思いで懇願するも、かえって彼の愛撫は激しさを増していくばかり。

「ごちそうを目の前にした飢えた狼《おおかみ》にそれは少々酷な注文ではないかね？」

乱れた息づかいでそう呟くと、レーヴィスさんは私の乳首のみならず乳房にまで歯を立ててきた。

のみならず、思いっきり強く吸い立て始める。

「っきゃ……あ、あ、あぁああぁああっ！」

今まで何度も一線を越えてしまいそうな予感はあったけれど、ストイックなまでに紳士的な態度を貫いてきた彼にまさかここまで獰猛に貪られるなんて思いもよらなかった。

時折、彼のオッドアイに垣間見えていた危険な闇の正体にようやく気付くも、時すでに遅し。

私は執拗なまでに胸を舐めかじられながら、彼に組み敷かれたままベッドの上で身悶《みもだ》える他なかった。

ああ、胸を弄《いじ》られるだけで数えきれないほど昇りつめてしまうなんてありえない。

媚薬だけのせいじゃないような気がしてならない。

今までずっと自分をごまかしつづけてきて我慢していた反動もあるだろう。

全身全霊で彼を感じたい——そう願ってしまう。

胸を虐《いじ》められるだけで幾度もベッドでのたうちながら絶頂を迎え続けた私は、やがて息も絶え絶えとなって意識すら朦朧《もうろう》としてきた。

すると、そこでようやくレーヴィスさんは私の胸元から顔をあげた。

しかし、息をつく間もなく、彼はドレスの裾をたくし上げていったかと思うと、私の太ももを撫でてきた。

「……っ⁉」

思わず、反射的に足を閉じてしまうも、容易にこじあけられてしまう。

そのまま彼は私のショーツを脱がすと、足を割り開いて身体を進めてきた。

私は緊張の面持ちでその瞬間《とき》を待つ。

ややあって、熱くて滑らかな感覚が敏感な個所《かしょ》へと押し付けられてきて息を呑む。

これが彼の——

と、そのときだった。

レーヴィスさんが、不意にこわばりきった私の眉間へと口づけてくれた。

たったそれだけのことなのに緊張が解けていく。

彼に任せておけばきっと大丈夫。

ガチガチになっていた表情筋が緩むのを感じる。

互いに見つめ合って、ぎこちなく微笑み合う。

すると、レーヴィスさんは懊悩《おうのう》を滲ませた声色で私の耳元へと囁くときつく抱きしめてきた。

「――本当はもう誰も愛するつもりはなかったのだが、君と出会ってしまった。やはり、『運命の相手』と出会ってしまえば抗《あらが》うことはできないようだ」

息もつけないほど強く抱きしめられて、ようやく彼が今までどれほど自分の本心を抑えつけていたか実感できた。

まさかこれほどまでに私のことを思っていてくれたなんて――知らなかった。

というか、いつものポーカーフェイスと、大人の余裕あるふるまいからそんな本心を窺い知ることなんてできるはずがない。

それを少しうらめしく思いながらも、自分の気のせいだと言い聞かせてあれこれと思いつめていたちょっと前までの自分がなんだかおかしくなる。

「確かに……出会ってしまったのなら……仕方ないのかもしれません……」

うん、本当に……「仕方ない」という言葉が一番しっくりくる。

それは魔法のような言葉だった。

肩の荷が下りたような許されたような不思議な感覚に心が軽くなる。

私も彼の背中に手を回すと、負けじと思いの丈を込めて抱きしめ返した。

「ああ、まったく……」

彼の嘆息混じりの満ち足りた囁き声が耳をくすぐってくる。

と、同時に、秘所へとあてがわれた肉槍が、私の膣内へとめり込んできた。

「っ⁉　あ……あ……あ、あぁ……」

彼の太くて力強い半身は、膣壁を押し拡げながらさらなる奥を目指していく。

まるで焼き鏝《やごて》を押されているかのような強烈な感覚に私は目を大きく見開いた。

こんなに大きかったなんて……壊れてしまいそう。

本能的な不安につい力んでしまうと、括約筋が締まって蜜壺が半身を外へと追い出しにかかる。

しかし、彼は自重をかけて、私の様子を確かめながら慎重かつ果敢に最奥を目指していった。

指とは比較にならないほどの太い肉茎が私の中心をじりじりと貫いていく。

「う……あ……あぁ……」

狭い箇所を限界まで広げられて、きつく閉じた目の裏が真っ赤に染まる。

と、そのときだった。

唐突に彼の指が敏感な肉核に触れてきて、鋭すぎるほどの愉悦が爆ぜた。

「っあ!?　あ……ンっ！　あああっ！」

慣れない痛みに追い詰められながら同時に感度の塊をいじられると、相反する感覚が互いの存在を際立たせ、思いもよらず鋭い声をあげてしまう。

ただでさえ敏感になっている私の身体は、蜜に濡れた指先で肉核を少し弄られるだけで容易に達した。

それと同時にヴァギナが淫らにうねり、彼の太い肉棒をはしたなく絞りあげていく。

「あ……や……あぁ……こ、これ、恥ずかし……すぎ……て……ああっ」

彼の半身を締め付けてしまうたびに羞恥心が燃え上がる。

肉核を虐められるだけでこんなにもイってしまっていることが、一つにつながっている箇所から全部彼に伝わっているに違いないと思うだけで消えてしまいたくなる。

「恥ずかしがることはない。君の愛し方を知るにはうってつけだ」

そう言うと、レーヴィスさんは指を小刻みに振動させて肉芽に甘やかな刺激を与えながらゆっくりと腰を動かし始めた。

「っ⁉　っく……う……あ、あぁっ、ン……あああぁっ！」

ただでさえ息をつくことすら躊躇《ためら》われるほどの圧迫感に慄いているというのに、動かすだなんて無茶すぎる。

無意識のうちに腰が引けてしまうも、彼は私の腰を抱え込んで退路を断った。

腰を浮かせたまま、肉槍で蜜壺をねっとりと掻き回してくる。

「きゃっ⁉　やぁっ！　こ、壊れ……んん、んんんっ！」

私が悲鳴じみた嬌声を放つと、彼は再び動きを止めて私が落ち着くのを見計らってから動きを再開した。

「や……あ、無理……深すぎ……て……」

「もっと奥がいいのかね？」

唇をわななかせて上ずった声を洩らす私に彼はそう告げると、花芯を指の腹で押しつぶしながら腰を突き出してきた。

「っきゃっ！　あああ！」

いきなり太い衝撃が最奥に穿たれ、私はあられもない声をあげて身をよじる。

子宮にまで太い振動が伝わってきて、昂ぶった身体がくるったように打ち震える。

同時に、私の奥はまるでこの瞬間を待ちかねていたかのように彼の半身に絡みつく。

その反応を感じ取ったと思しき彼は、嗜虐めいた笑みを浮かべて目を眇めた。

「――もういいだろう。そろそろ本気で君を味わわせてもらうとしよう」

仄暗《ほのぐら》い欲情を伺わせるその声色に、私の心身は熱く淫らに掻き乱される。

いつも以上に艶めいて聞こえてゾクリとする。

彼は私の膝裏に両腕を通して抱え込むと、深く重い抽送を始めた。

疼く子宮口に太い衝撃が埋め込まれた瞬間、頭を殴られたかのような錯覚に一瞬意識が飛んでしまう。

しかし、意識を手放すよりも前に、彼が雄々しい腰つきで私を攻めてくる。

「ンっ……あ、あ……深、い……あ、あぁああ……深すぎ……ンン⁉」

身体の奥深くを灼熱《しゃくねつ》の肉棒でがむしゃらに穿たれるたび、下腹部が鋭く痙攣して恐ろしいほどの快感が心身をぐちゃぐちゃに掻き回してくる。

深い絶頂の渦に巻き込まれるたびに、魂ごとどこか遠くへもっていかれてしまうのではと怖くなる。

「あぁあっ、ン……あぁ……や……あ、あぁっ、おかし……ン、あああ⁉　つめ……、あぁあ、んぁっ……ん……こ、わ……ン……あぁ、い、いい……ん、あ……あぁ…」

たちまち本能を剥きだしにされ、喘ぎ声も乱れに乱れ、呂律も回らなくなる。

恍惚として彼を一心に見つめると、彼の腰の動きはよりいっそう激しく苛烈なものへと転じていく。

徐々に抽送の振り幅は大きくなっていき、それに応じて最奥へと埋め込まれる快感も増していく。

彼の動きに合わせてベッドの揺れも大きくなり、ベッドが軋む音と男女が激しく交じり合う湿った音とが混ざり合って淫らなハーモニーを奏でていた。

「ああああ……や、やああ……も、もう……だ、駄目……お、お願い……ゆ、赦して」

幾度となく情け容赦なく襲い掛かってくるエクスタシーの高波に理性は粉々に砕かれ、淫らな声を我慢することすらできなくなっている。

下腹部のあたりにできた愉悦の塊が加速度的に肥大していき、破裂する寸前まで追い詰められる。

「あああああっ、も、もうっ、もうダメっ！　あぁあぁあああっ！」

ベッドの上でくるおしいほど身を波打たせながら甘い悲鳴を上げると同時に、彼が自重をかけた渾身の一撃を見舞った。

刹那、あまりにも鋭すぎるエクスタシーの槍に貫かれた私は、なりふり構わず自身の胸を掴んで声ならぬ声をあげて四肢を硬直させた。

愉悦の塊がついに弾けて、まるで脳が蕩けてしまったかのよう。

顔も身体も下腹部も火で焙《あぶ》られているように熱い。

「――っく」

一瞬遅れて、彼が腰を引いて肉槍をずるりと引き抜いた。

鈍色《にびいろ》を放つ隆々とした肉槍の先端から、熱いしぶきが迸り出てきて私の下腹部や胸にまき散らされてゆく。

驚くほどの熱さに驚きながら、私が息も絶え絶えの状態で彼を見あげると、彼もまた私を見つめていて視線が交じり合う。

ややあって、彼は私の額へと手を伸ばすと、汗に濡れた前髪を指で整えてくれた。

私が力なく微笑んでみせると、彼もまた微笑み返してくれる。

「ついに君を私のものにしてしまったな」

「……はい」

気恥ずかしい思いを噛みしめながら頷いてみせる。

「薬の効果はもう切れたかね？」

「あ……はい……たぶん……」

彼に言われて我に返りデコルテを見てみると、「eat me」という文字は跡形もなく消え去っていた。

ホッと胸を撫でおろすと同時に、少し後ろ髪を引かれるような気もしてしまう。

すると、彼はそんな私の内心を見抜いたかのようにくすりと笑って身体を横たえると、腕枕をしてくれた。

そして、私の耳元に口を寄せて、低い声で囁いてくる。

「――安心したまえ。君が望めばいつでも食べてあげよう。薬などもはや必要ない」

「えええええっ⁉」

そんなこと言われたって、自分のほうから「食べてほしい」なんてはしたないおねだりをするのはどうしても抵抗がある。

「う、うぅ……それはちょっと……」

私が眉根を寄せて呻《うめ》くと、彼が私の眉根を揉みほぐしながら尋ねてきた。

「何か問題でもあるかね？」

「ありまくりです。そ……そういうのってどうも……女性からは恥ずかしすぎて……言いづらいというか……難しいです……」

「それは、薬などといった大義名分がなければ厳しいということかね？」

「た、たいぎ……めいぶん……ううっ、そ、そんなこと……言わないでください……」

なんだか急にものすごく恥ずかしくなって、彼に背を向けると両手を顔で覆って背中を丸める。

ああもうっ、本当の本当に彼と……してしまったんだ。

しかも、薬のせいとはいえ、私のほうから誘ったような形になるなんて。

さらにはそれを大義名分だと見抜かれているなんて。

恥ずかしくて恥ずかしくて死にたくなる。

それなのにいつもと変わらない様子の彼が恨めしい。

大人って……ズルい。

いや、私も十分大人だけど、彼に比べればまだまだ子供だと思う。

大人と胸を張って言えるかっていうとかなり微妙だ……。

「そんなにも女性から求めるのは恥ずかしいものなのかね？」

「ええっ、それはもうっ！　ものすごく！」

心外だと言わんばかりの彼の言葉に、私はヤケ気味にツッコミを入れる。

もしかしたらこっちの世界じゃ、私のそういう感覚っていうのはフツーじゃないのかもしれない。

あああ……ホント住んでいた世界が違うと、いちいちややこしいったらない。

でも、彼がその溝を丁寧に埋めようとしてくれていることは分かるし、本当にありがたいと思う。

私ももっと頑張らなくては。

そう思えてくる。

「ならば、私の一存で君を味わってもいいということかね？」

「え……」

いきなりの直球な彼の申し出に胸が甘やかに震えた。

そ、そういう意味で言ったわけじゃ……と言いかけて、かろうじて言葉を呑み込む。

もういい加減……素直になろう。

そう思い立って、私は頬が赤らむのを感じつつおずおずと頷いてみせた。

「……は、はい……それなら……なんとか……」

「君の世界にはブシという職業があると以前ウサギが熱弁していたが、ブシに二言はないかね？」

「……私は武士じゃないけどありません」

「そうか、ならば、今後は心おきなくそうさせてもらうとしよう」

背後から聞こえる彼の声がなんだか不穏な響きを帯びた気がして、後ろを振り向こうとしたそのときだった。

急に後ろから強く抱きしめられ、胸を鷲掴《わしづか》みにされる。

「……え？　レーヴィス……さ……ンン……」

驚いて肩越しに彼を見ようとして、唇を奪われてしまう。

唇を重ね合わせるだけのものではなく、いきなり奥まで深く舌を挿入《い》れられ口中をねっとりとまさぐられる。

「ン……ま、待ってください……ま、まさか……まだ⁉」

濃厚なキスに溺れてしまう前にと、必死の思いで顔を背けて尋ねると、彼はどこかいたずらっぽい表情で色違いの目を意地悪に細めてみせた。

「ああ、そのまさかだが、何か問題でもあるかね？」

「えええっ⁉　だ、だって、そ、そんな……さっきの今ですぐはさすがにちょっと」

ただでさえ激しすぎて何度も意識が飛びそうになったほどなのに、これ以上追い打ちをかけられてはたまらない。

「アリスにも二言はないのだろう？」

「っ⁉　う……うぅ……」

それを言われてしまうと、何も反論できない。

というか、もしかしてさっきのやりとりって、こうなることを見越した上で彼が仕掛けた罠だったとか⁉

だとしたら、あまりにも策士すぎる……。

「私のほうは残念ながらまだまだ君を味わい足りない——何せ長らく君を渇望していたものでね。飢えを満たすには時間がかかりそうだ」

「そ、そんなに……ですかっ⁉」

「ああ、だから、私の一存でいいとなると、君にとって少々都合が悪いのではないかと危惧していたのだよ」

「それって……少々どころじゃないような……」

「ああ、だが、もう遅い。観念したまえ」

彼は愉し気にそう告げると、おもむろに私のヒップにすでに漲《みなぎ》りを復活させた濡れた半身を押し付

けてきた

「――っ⁉」

いつの間にもうこんなに⁉

紛れもない欲情の証《あかし》を突きつけられたような気がして心身が熱く滾《たぎ》る。

彼の飢えを満たすにはどれくらいかかるのだろう？　と、戦々恐々としながらも、同時にそこまで彼に求められているのがうれしくて胸がいっぱいになる。

いや、でも……この調子じゃ……気絶は避けられないような。

それどころか、気絶してもなおも貪られそうな？

あてがわれた肉槍が、再び私の中心を穿っていく。

今度はすでによく解されている上に濡れそぼっているため、肉鏝《にくごて》は鈍い音をたてながらすんなりと最奥まで勢いよく突き立てられた。

「っきゃ、あぁああっ⁉」

まだ絶頂の余韻の残った子宮口を思いっきり強く抉りたてられ、私はたまらず悲鳴じみた嬌声をあげてしまう。

レーヴィスさんは、私の身体をうつぶせにさせると、腰を抱え込んで猛然と腰を打ち付け始めた。

私はベッドにしがみつくようにシーツに爪をたてて、彼に腰を捧げるほかない。

「んぁっ！　あぁあっ！　や、やぁあっ！　あぁあああぁあっ！」

最初よりもより深く密接につながりあっているような強烈な感覚に打ちのめされる。

彼の猛攻はとどまることを知らず苛烈さを増していく一方で――喘ぎくるいながらも少しだけ怖く

なる。

ああ、あの会話のやりとりが彼の仕掛けた罠だと気づくのがもう少し早ければ——と、後悔する一方で、彼にされるがままになっているのだという実感が妖しいまでの興奮をもたらしてもくる。

ついに一線を越えてしまった今、本当にこれからどうなってしまうのだろう？

不安が頭をよぎるも、すぐにまたひっきりなしに上書きされていくエクスタシーに掻《か》き消《け》されてうやむやになる。

ああ、もう……こんなの無理。何も考えていられない。

いや、だからこそ……いいのかもしれない。

余計なことなど考えずに、今はただ彼のことだけ考えていたい。感じていたい。

そんな私の願いを汲《く》んでくれたかのように、彼の雄々しい抽送は、さらに苛烈に私の全てを支配していった。

もうこうなってしまった以上は仕方ない。

私の中で諦めにも似た覚悟が、朦朧とする意識の果てでゆっくりと固まっていった。

第五話　カオスな甘い日常と隠されていた秘密

「おはよう、アリス。そろそろ起きたまえ」

「……っ」

低い色香溢れる声の後、額《ひたい》に柔らかな感覚が押し付けられてきた。

心地よいぬくもりに包まれた深い眠りの底から頭をもたげて薄く目を開くと、レーヴィスさんの整った凛々しい顔、色違いの双眸がすぐ傍にあった。

幸せな思いに満たされながら、私も彼に挨拶を返す。

「おはようございます」

「よく眠れたかね？」

「……は、はい」

「それは何よりだ」

いたずらっぽく笑う彼を私は甘く睨んでみせる。

よく眠れたかどうかなんて……そんなの尋ねるまでもなく全部分かっているくせに、わざとらしい質問をしてくる彼に軽く釘《くぎ》を刺すつもりで。

でも、いつものように彼は気が付いていないフリをして、私を宥めるようにこめかみにキスをして尋ねてくる。

「朝食を待つ間に紅茶を淹れてあげよう。今朝の紅茶は何がいいかね？」

「………」

今朝の紅茶という言葉に、つい顔が緩んでしまう。

「……ダージリンで」

「ファーストフラッシュでいいかね？」

「ええ、もちろん」

朝イチでダージリンのファーストフラッシュを味わえるなんて贅沢すぎる。

ついついニヤけてしまう私に彼は目を細め、私の髪を一束手にとってキスをした。

ああ、なんてダダ甘にも程がある一日のスタートだろう……。

スマホの味気ないアラームに嫌々起こされていたときとは雲泥の差すぎて……いまだにこれが現実だって時々信じられなくなる。

こんな風にレーヴィスさんと一緒に朝を迎えるようになってから、早一週間が経とうとしていた。

ガウンを羽織った彼が、慣れた手つきで茶葉をティーポットにいれ、お湯を注ぐ様子をあたたかなシーツにくるまれたまま眺めているこの時間がなによりも幸せで、ついまばたきを忘れて見入ってしまう。

いつも彼は私よりも先に起きて仕事をする一方で——その日の予定を逆算してギリギリの時間まで私を寝かせておいてくれる。

私も早起きするって主張はしてみたものの……その……お茶会に加えて夜も……という感じで……

どうしても起きていられずに今に至る。

もろもろその辺の特殊事情は察してもらえるとうれしい……。

夜はともかく昼のお茶会はさすがにオーバーでは？　と思われてしまうかもしれない。

いや、けしてオーバーではなく……むしろ逆に、そちらのほうが日を追うごとにカオスさを増しているのが実情だったりする。

今や口移しでお茶やお菓子を食べさせるだけにとどまらず……むしろ逆に彼に食べられてしまうようになっているのだから……。

まさか白昼堂々、誰に見られるかしれない庭で……あんなことやこんなことをするようになるとは思いもよらなかった。

レーヴィスさんは、どうやらブランシュに恥ずかしい行為を見られてしまうかもしれないという状況下で、私をじっくりといじめながら味わうのがやたら気に入ってしまったようで……わざと私の羞恥を煽りながらねっちりと責めてくる。

彼がこれほどまでのドSだったなんて知らなかった。

あの素敵なお茶会が、こんなにもカオス化するなんて。

淫らかつ嗜虐的な行為は死ぬほど恥ずかしい……。

でも……実をいえば、彼にならそんな風に食べられるのは嫌いではなかったりする。

むしろ、いままで知らなかった自分を他ならぬ彼の手によって剥きだしにされていく感覚に溺れてしまっているような気がしなくもない。

こんなこと絶対にレーヴィスさんには打ち明けられないし、打ち明けるつもりもないけれど、きっともろもろの反応からバレバレだとは思う。

いつでも彼は私のことを第一に考えてくれているというのが折に触れて伝わってくるし、きっと私が本気で嫌がるようなことはしないはずだから。

まあ、そもそもそんな状況になったことがないので分からないけれど、レーヴィスさんには安心して全てを委《ゆだ》ねることができる。

そのポーカーフェイスとは裏腹のくるおしいまでの愛情に戸惑うことも多いけれど、そんな危険な一面もひっくるめて彼に惹かれている。

その一方で、もはや後戻りできないところまできてしまったような気がしてならない。

でも、出会ってしまったからには仕方ない――ふと不安に駆られるたびに、その魔法の言葉を自身に言い聞かせて、これでよかったのだと納得するようにしている。

ただ……その……問題があるとすれば、正直なところ身体がもたないというか……。

いや、そんなのものすごく贅沢な悩みだとは思うけれど、男盛りの紳士の体力もろもろには本当に脱帽というか……。

ううぅ、そんなことを考えていると、昨日の淫らなお茶会や夜の営みのあれこれを思い出してしまって変な気持ちになってしまう。

ちょっとクールダウンしないと。

私は彼に気づかれないように深呼吸を繰り返した。

なにせちょっとでも私がおかしな気分になろうものなら、レーヴィスさんはすかさずそれを察してドSのスイッチがONになってしまうのだから。

夜ならまだしも……さすがに朝からは避けたほうがいい。

特に今日は遠方へ出向く予定が入っているのだから、気力体力共に温存しておきたいところだ。

そう、あの夜以来、レーヴィスさんは可能な限り私を傍に置いておくようになった。仕事などで外にでかけるときも一緒に連れていってくれるようになったのだ。

彼のことや彼の住む世界をもっと知りたいと思っていた私にとって、これは願ってもない変化だった。以前までのように、城で彼の帰りを待っているよりもずっといい。

そして、もう一つの大きな変化は——隠し扉がもはやその用を成さなくなったこと。

私の部屋と彼の部屋とを結ぶ扉は、ずっと開け放たれたままになっている。

こういった全ての変化に共通することはただ一つ。

レーヴィスさんが、寸暇を惜しんで私を独占したいと思ってくれているということ。

ちょっと度が過ぎている気もしなくないけれど、女冥利に尽きるなんて前向きに考えてしまう辺り、いつの間にか私もカオスな愛に毒されてしまったのかもしれない。

特に、ウサギにだけは、私に指一本触れさせるつもりはないっていうレーヴィスさんの意図をその言動にくみ取れたときなんてたまらない……。

別にあの憎たらしいウサギと私がどうこうなるなんて万が一にもありえないのに、嫉妬してくれている彼にどうしようもなく母性本能をくすぐられてしまう。

これじゃウサギや彼のことをとやかく言えたものじゃない……。

朱に交わればなんとやらっていうけど、最初はこんなトンデモ世界に交じってたまるかって思っていたはずなのに……。

そういえば、最近ブランシュを見ていない気がする。

レーヴィスさんの度を越した「追加対策」のせいだろうか？

いや、それくらいでちょっかいを出すのをあきらめるような性格じゃないか……。

私がそんなとりとめもないことを考えていると、レーヴィスさんが少しだけ棘のある声色で尋ねてきた。

「――何か考え事かね？」

「あ、いえ……その……そういえば最近ブランシュがお茶会に来ないなって思って」

「ほう……」

私がなんとはなしに今考えていたことを口に出すや否や、レーヴィスさんはお茶を淹れる手を止めて目を眇めた。

あ……なんか……今の発言はヤブヘビだったかも？

気のせいであってほしいと願うも、その予想は当たってしまう。

「ウサギが気になるのかね？」

「い、いえ……気になるというか……ただ単に警戒しているだけです」

「もうその必要はない。私が守るから安心していい」

そう言うと、彼はティーカップへと息を吹きかけてから紅茶を口に含んだ。

そのままベッドに腰かけると、私へと口移しで飲ませてくる。

「ン……」

上等の茶葉の甘みと香りのキスに心身共に蕩けそうになる。

でも､このままじゃ……なんだかマズイ気がする。彼の前でウサギの話は禁物だったのに迂闊《うかつ》だった。

後ろ髪引かれる思いをしながらも、どことなく危険な予感に私は慌てて彼から唇を奪い返す。

「あ、あの……今日は自分で飲めますから……」

「遠慮せずともいい。余計なことを考えないようにしてあげよう」

明らかに嫉妬を滲ませた語調で告げてきた彼に顎をクイッとやられて再び唇を奪われてしまう。

「っ……ン……ん、ンン……」

必死に抵抗しようとするも、瞬く間に彼の舌が私のそれを捉えて甘く情熱的に吸い上げてきた。

「だ、駄目です……朝はさすがに……この後の予定も控えてますし……」

「スケジュールを調整し直せばいいだけのことだ。安心したまえ――」

シーツをはぎ取られ、たちまち彼の逞《たくま》しい身体に組み敷かれてしまう。

両方の手首を掴まれてベッドに押し付けられるや否や、手枷《てかせ》で自由を奪われたような妖しい思いが燃え上がる。

ああ、こうなってしまえば……もうどうすることもできない。

まさか、あんな些細な一言ですら煽ってしまうことになるなんて……。

レーヴィスさんのこわいほどの独占欲に改めて慄《おのの》きつつも、たちまち彼の繊細な愛撫に蕩かされてしまう。

彼の唇が舌と共に私の胸の丘を這いあがっていったかと思うと、敏感な箇所の境目ギリギリを焦らすように責めてくる。

「ン……あ、あぁ……あぁあ……」

じきに朝食が運ばれてくるという話だったのに——たぶん、待たせてしまうことになるだろう。

そう思うや否や、ドアがノックされて心臓が跳ね上がる。

「——今取り込み中だ。後にしてくれたまえ」

レーヴィスさんの返事に羞恥心が煽られて、私は眉をひそめて唇を噛みしめた。

朝っぱらからいきなりの取り込み中だなんて……何をしているかは簡単に想像がつくだろう。

駄目だ……食事を運んできてくれた人たちが扉越しに部屋の中の様子を窺っている様子を想像しただけで消えてしまいたくなる。

「うっ!?　ン……っく……う……ううぅうっ」

せめて声を出すまいと必死に堪えるも、レーヴィスさんはまるでそんな私に挑むかのような視線を向け、きつく引き結んだ唇を指でこじ開けてきた。

「声を我慢しなくてもいい。存分に喘ぎたまえ」

「ンン……ンうぅう……」

私は逼迫した表情で首を横に振ってみせる。

しかし、彼は獲物を追い詰めた獣のように酷薄な微笑みを浮かべると、私の口の中に指を挿入《い》れて舌を弄びつつ、ツンと隆起した先端を舌で弾いた。

「ンぁっ!?　あぁっ！」

たまらず甲高い声を洩らしてしまうと同時に、口端から涎が伝わり落ちてしまう。

「——恥ずかしいかね？」

嗜虐心も露《あら》わな彼の問いかけに必死に頷いてみせる。

すると、レーヴィスさんの鋭いまなざしが和《やわ》らいで憐《あわ》れむようなものへととって代わられた。

だが、続いて彼が私の耳元に囁いてきたのは、赦しの言葉ではなかった。

「だが、これは仕置きなのだから我慢したまえ」

「っ⁉」

息を呑んで目を瞠る私を見据えながら、レーヴィスさんは腰を押し付けてくる。

いつもは指で解してから挿入《い》れるのに。

彼にしては性急な態度に面食らう間にも、太い肉槍が狭い膣を圧し拡げていく。

「うっ⁉　くっ！　ううう、あぁ、あぁ……そ、んな……いき、なり……は……きつ、ンン、ンンンぅううう⁉」

私の引き攣れたうめき声に、彼は陶然とした様子で聞《き》き惚《ほ》れながらもさらに腰を奥へ進めてきた。

初めての痛みが思い出されるも、すぐにそれ以上の愉悦が肥大していって心身共に彼に支配されてしまう。

「君を私だけで埋め尽くしたい」

「ああっ……も、もう……とっくに……」

「いや、まだまだ——足りない」

そう呟いた声がとてもつらそうに聞こえて、一瞬私は我に返って彼のオッドアイをじっと見つめてその原因を探る。

どうしてそんなに悲しそうなのだろう？

前々から気になっていたけれど……時々、どうしようもなく彼を遠く感じてしまう。

こんなにも近くにいるはずなのに。

いつか彼の孤独の原因を知ることができたなら。私に癒《いや》すことができたなら。

そんな思いを込めて彼をじっと見つめたまま、私は彼の化身を受け入れていく。

気が付けば、彼の願いどおり、彼のことばかり考えている。

反対に元の世界について考えることは少なくなっていく一方で……。

それこそが彼の本当の望みのような気がしてならない。

彼の罠に囚《とら》われてしまった私。

これで本当にいいのだろうか？

幾度となく心をよぎってきた疑問が再び頭をもたげるも、すぐにまた強烈な愉悦の歓喜に押し流されてしまう。

出会ってしまったからには仕方ない――

私はいつもの呪文を胸の中で唱えると、我を忘れて彼に溺れていった。

※　※　※

朝、思わぬハプニング（?）のせいで……予定よりも一時間遅れの出発になってしまったけれど、馬車を急がせて休憩も縮めて――さすがの有言実行、レーヴィスさんと私は時間通りに目的地へと辿《たど》り着《つ》くことができた。

そこは小さな湖畔に隣接したこぢんまりとした教会だった。

なんでもチャリティーのダンスパーティーに招待されたのだそうで、こういったイベントに参加して人々と交流することも領主としての大切な役割らしい。

そういう公《おおやけ》の場にも私を同伴してくれるようになったことがうれしくて、ついつい浮足立ってしまう。

果たして、教会の前には、すでに多くの人たちがレーヴィスさんの到着を待ちかまえていた。

小さな女の子たちが駆けてきて、私たちの乗った馬車を取り囲んだ。

レーヴィスさんが先に馬車から降り立ち、私の手をとって降りるのを手伝ってくれるのにも構わず歓声をあげて群がってくる。

「公爵様！　いらっしゃいませ！」

「ダンスパーティーにようこそおいでくださいました！」

「ああ――みんな、いい子にしていたかね？」

「もちろんです！　公爵様とのお約束は絶対ですもの」

「公爵様、今日は私と踊ってくださいね！」

「やだ！　あたしがこーしゃくさまとおどるのー」

とびっきりのおしゃれをした女の子たちに囲まれたレーヴィスさんは、その場に跪《ひざまず》いて彼女たちと目線を合わせて一人ひとりに優しく微笑みかけていく。

誰に対しても紳士的なふるまいで接する彼に笑みを誘われる。

だけど、一瞬だけその横顔が歪んだ気がして……私はハッと息を呑む。

気のせいだろうか？

いや、でも……やっぱりどこかおかしい……。

いつもと変わらないはずのポーカーフェイスに、今日はどことなく得体のしれない影が差している気がして心がざわつく。

と、そのときだった。

子供たちの後ろから背の高いすらりとした美しいシスターがやってきて、レーヴィスさんに挨拶した。

「レーヴィス様、今日はわざわざご足労《そくろう》いただきありがとうございます。いつも本当によくしていただいて皆感謝しています」

「シスター・メリー、今日はお招きありがとうございます」

レーヴィスさんは、彼女の手をとって恭しく甲に口づける。

その瞬間、シスターはほんのりと頬を染めると、はじらいにそっと目を伏せた。

そんなやりとりを見るや否や、私の胸はチクリと痛む。

って……えええええっ⁉　これしきのことでショックを受けるとか⁉

しかも相手は神に仕えるシスターだっていうのにっ⁉

「…………」

これじゃ今朝の彼のウサギに対する嫉妬を笑えない……。

つくづく恋愛って不思議すぎる。

いつも以上にバカになってしまうというか、正常に思考が働かないというか――嫉妬バイアス恐るべし。

「……今日はおひとりではないのですね」

シスターが私のほうをちらりと見やると、レーヴィスさんは私の肩に手を置いて誇らしげに言った。

「ええ、私の恋人を紹介しましょう」

「――っ⁉」

一瞬、時が止まったかのように辺りがしんと静まり返る。

って……え、え、ええええええええっ⁉　い、今なんて⁉

こ、こ、恋人ぉおおおおぉ⁉

だ、誰が⁉　ひょっとして私？　誰の……って、レーヴィスさんの⁉

まさかの不意打ちに激しく混乱する。

い、今、レーヴィスさん、「私の恋人」って言ってくれた⁉

私、彼の恋人だったの⁉

そうであったらいいなとは思いつつも、本当にそうなのだろうか？　という疑問をいまだに拭いきれていなかっただけあって死ぬほどうれしい。

大人の恋ということもあって、いちいちそういったことを確かめるのもなんだか無粋な感じがして気後れしていた。

ついさっき些細なことで嫉妬したばかりだというのに、彼のたった一言で自分でも信じられないくらい舞い上がってしまう。

「アリス、こちらはシスター・メリーだ。君と確かそう年は変わらないはずだが、このステラ教会と孤児院を預かってくれている」

「……初めまして。アリス様。メリーと申します。公爵様にはいつも本当にお世話になっています」

「は、初めまして。あ、アリスです。今日はお招きいただきありがとうございます」

もうなんだか自己紹介と最低限の挨拶をするだけでいっぱいいっぱい。

まさか恋人として紹介されるなんて思ってもみなかったし、教会のチャリティーダンスパーティーならば、あまりドレスアップしすぎても周囲から浮いてしまいそうだからと、敢えて愛用せざるを得ない唯一の平服、空色のエプロンドレスでやってきたことを後悔する。

こんなことなら、浮くとかそんなこと気にしないで、とびっきりドレスアップしてきたのに……。

うれしい反面、もしかしたらレーヴィスさんの顔に泥を塗ってしまったんじゃないかと地味にへこむ。

ただでさえ地味な顔立ちで……スタイルだって凡庸。

馬子にも衣装って言葉もあるくらいだし、せめてドレスやメイクだけでも気合い入れてくればよかったとうなだれる。

なんか……他の人たちもやたら華やかなドレスを着ているし。

この状況下で、コスプレもどきのエプロンドレス姿はイタすぎる……。

「アリス、どうかしたのかね?」

「……いえ……なんだかすみません……思いっきり平服を真に受けてきてしまって。本当はもっとちゃんとドレスアップしてくるべきものだったんですね……」

「いや、通常チャリティーパーティーは平服で問題ない。だが、なぜか私が訪ねるときには不思議とこうなってしまうのだよ」

「……ああ……なるほど……」

その気持ちはものすごくよく分かる。

そりゃレーヴィスさんみたいに素敵な紳士と会えるなら、どんな女性でも思いっきり着飾って少しでもよく見られたいと思うはず。

現に、今も彼は老若問わず着飾った女性たちから熱い視線を一身に集めていて、それとは裏腹に私は……今ようやく気づいたけれど、彼女たちの凄まじく刺々しい視線を集めている。

まあ……その気持ちもやっぱり分からなくはない……。

なんだか、いろんな意味で申し訳ない気持ちに押しつぶされそうになる。

「公爵様、さあ踊りましょう！」

「ずるい、私が一番最初に踊るんだから！」

「あたしあたしーっ！」

小さな女の子たちに手を引かれながら、レーヴィスさんは教会の傍に設《もう》けられたダンス会場へと移動していった。

申し訳なさそうに一瞥《いちべつ》してきた彼に、私は「いってらっしゃい」と心よく手を振ってみせる。

さすがにあんなに小さな女の子たちにまで嫉妬するほど落ちぶれてはいない。

ただ、空気のようにたぶんわざと見向きもされないとかいうのはちょっと……うん、たぶん小さくても女ってことなんだなあ……と、かえって妙に感心してしまう。

「アリス様、すみません……レーヴィス様はあの子たちにとって王子様のような存在でして……失礼をお許しください」

「い、いえ……大丈夫です」

シスターとの間に漂うぎこちない空気に、ひょっとしたら彼女も……と、いたたまれない思いに拍車がかかったちょうどそのときだった。

「奥様ごきげんよう。随分とお久しぶりですね」

いきなり「奥様」と声をかけられて心臓が飛び上がる。

見れば、穏やかな微笑みを浮かべた年配の婦人が扇子を手に佇《たたず》んでいて、私は慌てて反射的に腰を落として一礼した。

「今日はお子さんは連れていらっしゃらないんですか？」

「あ……えっと……その……」

「もう立派なレディになられたんでしょうねえ。あのおチビちゃんも——社交界デビューが待ち遠しいですわねえ」

「……え、ええ」

誰かと勘違いしているのだろうか？

適当に話を合わせるも、胸に重しがかかったように苦しくなる。

なんだろう……この違和感は？

「お嬢さんと一緒にこれからもしっかりと公爵様を支えてあげてくださいね」

私が戸惑っていると、そのご婦人は私の手をとってやさしく握りしめてきた。

「……っ⁉」

柔らかな皺に包まれた優しい手——

そのあまりにも懐かしい感触に胸が締め付けられて一瞬言葉を失う。

おばあちゃんもよくこうやって何かあるたびに私の手を握りしめてくれてたっけ。

鼻の奥がツンと痛む。

視界が涙で滲み、慌てて目にゴミが入ったフリをしてハンカチでそっと目頭を押さえると彼女に微笑みかえした。

「……はい、頑張ります！」

人違いとは思うけれど、レーヴィスさんを支えたいという思いだけは負けない。

そんな思いの丈を込めて彼女の手を握りしめ返す。

しかし、適当に話を合わせてしまったことへの後ろめたい居心地の悪さは拭えず、どうしたものか戸惑っていると、シスターがそっと助け舟を出してくれた。

「マティス男爵夫人、少しご休憩なさってはいかがですか？　あちらにみんなでつくったクッキーがありますのよ。お召し上がりになりませんか」

「まあ、クッキーは大好きよ」

「今すぐご案内させますね」

シスターは他のシスターに目くばせをして婦人を教会の中へと案内させると、深いため息をついた。

「申し訳ありません。いきなり驚かれたでしょう？　マティス男爵夫人はいつもああなんです……少し記憶を混同なさっているようで……どうか気にしないでください。話を合わせていただきありがとうございます」

まるで早くこの話は切り上げたいとでもいうかのような彼女の態度に、さっきの違和感は色濃くなっていく。

嫌な予感がする。たぶん聞かないほうがいい。

だけど、どうしてもその違和感を無視することができず、私はその正体を確かめにかかる。

「あの、さっきのご婦人が仰っていた『奥様』っていうのは……レーヴィスさんの……ですよね？」

「……………」

シスターは言葉を失うと、気まずそうに目を伏せてしまう。

それは無言の肯定だった。

たぶんそうなんだろうなと……なんとなく会話の流れから予想はついていたけれど、疑いの余地がなくなって改めてショックを受ける。

まさかレーヴィスさんが結婚していたなんて……しかも子供もいるとか……挙句、奥様と間違われるなんて……。

どうして黙っていたんだろう？

こんな盛大な後出し……あんまりすぎる。

ショックが幾重にも重なり合いもつれ合って、しばし言葉を失い放心してしまう。

「ですが……もう五年以上も前のことだそうですし……私もここに赴任されるまでは知らなかった話ですし……」

シスターが動揺しながらも必死にフォローしようとしてくれる姿に、少しだけ救われたような気になる。

「五年以上も？」

「はい……突然、奥様もお子様も行方不明になられたそうで……」

「………」

シスターの言葉がどういうわけか引っかかる。

だけど、こればかりはさすがにそのままにしておいたほうがいい――そう本能が訴えかけてくる。

ダンス会場から聞こえてくる軽やかな音楽がみるみるうちに遠のいていって、目の前がまっくらになる。

「……どうか今の話は忘れてください。本当に申し訳ありません……もう昔のことですし。そもそもこれは私の口からお伝えすべきことではありませんでした。分《わきま》を弁えず大変失礼しました」

シスターがなおも私のことを気遣ってくれているのが痛いほど伝わってきてなんだか泣けてくる。

もっと大げさに話を誇張して私を傷つけて彼から遠ざけることもできたはずなのに。どうしてこんなに優しいのだろう？

「いえ、教えていただいてよかったです。ありがとうございます」

「………」

シスターは目を伏せたまま頭を下げると、逃げるように足早に教会の中へと戻ってしまった。

その背を複雑な思いで見送る私。

だけど、ショックの余韻に浸る間もなく、さっきとは別の――もっとギラギラしたドレスで飾り立てたご年配のご婦人たちに囲まれてしまう。

「さあさあ、アリス様、ぜひとも公爵様のお話をいろいろとお聞かせくださいね！」

「ダンスの前にお茶でもいかがです？　公爵様がよく差し入れてくださるよい茶葉がたくさんありま

すのよ！」

「……あ、は、はい」

嫉妬と好奇心があからさまに駄々洩れているご婦人たちの気迫に呑まれてしまいそうになりながら、私はおずおずと頷く。

きっとゴシップのネタにされるだろうと戦々恐々とする一方で、今はあれこれ考えたくなくて、気が紛れるかもしれないとありがたくも思う。

私は恋人で……でも、レーヴィスさんにはすでに奥様とお子さんがいて。ただし、五年以上も前に行方不明になったまま。

それって一体どういう状況なんだろう？

考えるまいとしても、どうしても考えずにはいられず——私は塞いだ気持ちをごまかすためにご婦人たちとのとりとめもない世間話に興じることにした。

そうでもしていないと……心が潰れてしまいそうだった。

※　※　※

パーティー会場には三時間いて。ダンスとお茶を楽しんだ後、私とレーヴィスさんはお昼前に会場を後にした。

三時前には城に戻れるようにと——全てはお茶会のために。

帰りの馬車に揺られて外を眺めつつ、私はやっぱりシスターとの会話を何度も反芻《はんすう》してしまっていた。努めて顔には出さないようにして。

でも、やっぱりというかなんというかレーヴィスさんの目をごまかせるはずもなく、ついに尋ねられてしまった。

「アリス、どうかしたのかね？」

「――いえ……その……ご年配のご婦人に声をかけられまして……なんだか昔を思い出してしまって。懐かしくなって……」

突っ込まれた時にはこう答えようとあらかじめ用意しておいた返事をかえす。

準備しておいてよかった……と胸を撫で下ろす。

比較的落ち着いて答えることができたように思える。

これなら嘘をついているわけではないし……レーヴィスさんもきっと納得してくれるはず。

「ほう、昔かね？」

「はい、私、早くに両親を亡くしたので祖母に育てられたようなものなんです。その祖母ももう五年前に他界したんですけど……」

「なるほど」

彼はそう言うと、黙ったまま私の肩に手を回して自分のほうへと抱き寄せた。

そして、頭をポンポンと軽く叩いてくれる。まるで勇気づけるかのように。

私も彼の肩に頭を預けて、そっと目を閉じる。

沈黙が心地いい。

こんな風に思える相手はそういない。

やっぱりレーヴィスさんは私にとって特別な存在に違いない。

そうしみじみ思うと同時に、胸に覆いかぶさったままの暗雲がますます色濃くなっていき息がくるしくなる。

そう、特別であればあるほど……失うことがどうしようもなく怖くなる。

おばあちゃんがいなくなってしまったときにそれはもう痛いほど思い知った。

それ以来、無意識のうちに大切なものをつくるのを避けてきたような気がする。

なのに、レーヴィスさんとの出会いには抗うことができなかった。

彼を失いたくない。

だからこそ、あの話には触れないほうがいい。いや、むしろ絶対に触れてはならないような気がする。

きっといつか彼のほうから話してくれるに違いない。その時を待つほかない。

でも、もしも最初からそのつもりがないのだとしたら？

「…………」

不意に不安に駆られて、私はレーヴィスさんの大きな手をぎゅっと握りしめた。

すると、彼も私の手をしっかりと握り返してくれる。

「──家族を失うのはつらいものだ」

レーヴィスさんのしみじみとした呟きがいつもとはまったく異なって聞こえて、不覚にも涙が滲んでくる。

彼の過去を知ってしまった以上、それはもう仕方のないことだって頭では分かっているけれど、感情が追い付いてこない。

レーヴィスさんも私も家族を失った天涯孤独の身の上だったなんて知らなかった。

そのつらさは痛いほどよく分かる。

だからこそ惹かれ合ってしまうのかもしれない。

駄目だ……なんか心の中がぐちゃぐちゃで……自分でもワケが分からなくなる。

「……そうですね」

その辛さは誰よりもよく分かる。

そんな思いの丈を込めて、ぎこちない相槌を打つだけで精一杯だった。

すると、不意に彼が私の横髪をかき上げて、顔を覗き込むようにキスをしてきた。

「……ン……」

その労わるような優しいキスに溺れたくて、私は自ら彼に唇を委ねて舌をも絡ませてしまう。

一瞬、彼が驚いたのが伝わってきたけれど、構わず深い口づけに没入する。

今はもう何もかも忘れたい。考えたくない。

私だけを見て感じてほしい。彼だけを感じたい。彼に溺れてしまいたい。

そんな思いが心身の奥底からこみ上げてきて、一気に溢れ出てきてしまう。

「今日は珍しく随分と甘えん坊なのだな――」

「……はい」

「存分に甘えたまえ」

耳元に囁かれた彼の声に早くも獰猛な獣の響きが宿っているのが分かって胸が妖しく昂る。

「――たまにはこういうのも悪くない」

そう言うと、彼は私の手をとって自身の漲《みなぎ》りへと触れさせた。そこはすでに雄々しく存在を主張していて……私は息を呑む。

彼は黙ったまま私の手に半身を握らせて愛撫させていく。

「……あ、あぁ」

思わずため息交じりの上ずった声を洩らしてしまって頬が熱くなる。

まるで自分のほうから恥ずかしいおねだりをしているかのようで、恥ずかしさといたたまれなさとが混ざり合った感覚に心掻き乱される。

それでも、必死に羞恥心を抑えながら彼の手に導かれるまま肉槍を軽く握りしめるようにして愛撫を続けてみる。

すると、彼のポーカーフェイスがわずかに歪み、その唇から吐息が洩れた。

私のぎこちないこんな愛撫でも彼を少しでも喜ばせることができるなら――

そんな思いに突き動かされ、私は彼に導かれるまま彼の股間へと顔を埋めていく。

こんなにも間近で彼の半身を目にするのは初めてだった。

優美で端正な顔立ちの彼とは裏腹に、太い血管を浮き上がらせ隆々と天を衝《つ》く勢いの肉槍に驚く。

これほど太くて……力づよいものだったなんて知らなかった。

慄《おのの》きながらも、おずおずと肉幹に浮き出た血管を舌でなぞってみる。

すると、半身は私の鼻先で時折ヒクンと動き、濡れた赤い先端から蜜が溢れてきた。

彼は私の手の平にそれを塗りたくって半身をしごいていく。

粘っこい蜜が湿った音を立てるのがいやらしい。

そうして手での愛撫を続けながら、彼は私の唇へと先端をねじこんできた。

「ンン……」

苦いようなしょっぱいような味がする。

どうしたらいいかよく分からないけれど、彼の反応を確かめながら頭を上下させて半身を吸い立ててみる。

口の中ですでにはちきれんばかりに育っていた半身が、私の唇の動きに合わせてさらに固くなり上下に動き始めた。

喉の奥へと先端があたるたびにえづいてしまいそうになるのを堪えて、一心不乱に彼の動きに合わせて顔を動かしてみる。

ややあって、彼が熱いため息をつくと私の顔から半身を引き抜いた。

と、すぐ目の前に聳《そび》え勃起《た》った肉槍の迫力に私は怖気《おじけ》づく。

それは唾液のせいで鈍い光を放ち、さっきよりもいっそう凄みが増していた。

「――さあ、来たまえ」

熱を帯びた声でそう言うと、彼はいつもエスコートしてくれるとき同様、丁重に私の手をとって自分の腰へと跨《また》がらせていく。

揺れる馬車の中ということもあって身体がぐらついてしまうも、彼に導かれるまま半身を入り口へとあてがってみる。

自分の手で挿入《い》れるなんて――

私が切羽詰まった表情でさすがに躊躇《ためら》っているちょうどそのときだった。

馬のいななきと共に突如馬車が急停車する。

「っきゃ⁉　あぁあっ⁉」

馬車が止まった勢いで太い肉棒が一気に膣内深くへと突き刺さり、私は甘い悲鳴をあげて彼にしがみついた。

「……大丈夫かね？」

「あ、あ……あぁ……」

私を気遣って優しく頭を撫でてくれる彼にまともに返事ができない。

太い肉栓を最奥まで深々と穿たれてしまい、身じろぎどころか息をすることすら躊躇われる。

レーヴィスさんは黙ったまま急《せ》かすことなく私のこめかみに唇を押しあてたまま動かずにいてくれる。

まさかこんな形で急に一つになるなんて思いもよらなかった。

深くつながり合ったまましばらくの間動けずにいると、いきなり馬車のドアがノックもなしに開かれた。

「失礼します」

「……っ⁉」

ドアを開けたのは、なんとブランシュだった。

どうしてここへ⁉　神出鬼没にも程がある。

っていうか、タイミング悪すぎ。どうしてよりもよってこんな時に――

服を着たままなのでたぶん外からだとレーヴィスさんと向かい合わせに座っているようにしか見え

ないだろうけれど……その下がとんでもない状態になっていると気づかれてしまうのではと気が気ではない。

思わず力んで彼の半身を締め付けてしまい頬が赤らむ。

と、彼の半身もまた私の締め付けに応じて最奥でしなり、たまらず甘い声を洩らしてしまいそうになって焦る。

ど、ど……どうしよう……意識しては駄目だと思えば思うほど、かえって意識してしまって身の置き所がなくなる。

切羽詰まった私の頭をレーヴィスさんが宥めるように撫でてくれた。

「………」

縋《すが》るように彼を見つめると、「全て私に任せておけば大丈夫だ」という風にしっかりと頷いてくれた。

レーヴィスさんが珍しく厳しい語調でブランシュへと告げた。

「――今は取り込み中だ。後にしたまえ」

「こちらも急ぎの用なもので譲れません。悪しからず」

二人の鋭い視線が宙でぶつかり合って目には見えない火花を散らしているかのよう。

これほどまでに緊迫した空気が二人の間に流れるのは初めてのことで――私も戸惑いを隠せない。

重い沈黙を破ったのはブランシュのほうだった。

「取り込み中なことくらい見れば分かりますよ。相変わらず仲睦まじいようで何よりです。あ、構わず続けてください。用事が済みましたらすぐにおいとましますから」

「っ⁉」

ちょっ⁉　み、見ればわかるって⁉

全身の血が沸き立って顔に集まる。

構わず続けてって……そんなのできるはずがないしっ！

相変わらずとんでもないことをさらりと口にするウサギを憎々しく思いながらも、死ぬほど恥ずかしくていたたまれなくなる。

私がレーヴィスさんの胸にすがりついたまま顔を伏せてどうしたものかと考えあぐねていると、ブランシュは懐《ふところ》に手をいれて彼に一枚の封筒を差し出した。

「これを一刻も早く届けるようにと——他ならぬあの女王の命令ですから。私の立場も察してください。不興《こうむ》を被りたくはありませんから」

「…………」

女王の命令という言葉を耳にした瞬間、レーヴィスさんは苦々しい表情を浮かべた。

そして、重いため息を一つつくと封筒を受け取る。

緊張の糸は、もはや切れてしまう寸前まで張り詰め切っていた。

その理由と意味深なブランシュの口調とレーヴィスさんの反応とに私は首を傾ける。

あの女王って、まさか「不思議の国のアリス」の話に出てくる女王様のこと？

確か……天上天下唯我独尊を地でいく強烈な性格をしていて……気に入らない相手の首をドンドン刎《は》ねていっていたような……。

って！　あんな猟奇的な女王様までこっちの世界には存在するってワケ⁉

いや……さすがにそれはないだろう。

あれはあくまでもフィクションであって……リアルでそんな自己中にも程がある狂気じみた行為が許されるはずもない。

でも、それはあくまでも私が元いた世界のルールであって、こっちの世界のルールではない……。

時折、レーヴィスさんやブランシュを通して垣間見えるこの世界の狂気じみた一面を思い出して嫌な予感がする。

警察も牢獄《ろうごく》もない、ある意味究極の自己責任がルールともいえるエタニティランド。

唯一の秩序は各国を統べる国王及び女王であるということは、子供向けの書物を通して知っていたけれど、その人物像までつきつめて考えてはいなかった。

きっと国を統べるにふさわしい人徳あるトップだろうと疑いもしなかった。

常識というのは、時代や国によってまるで異なるもの。

そう頭では分かっていても、やはりいつの間にか自分の「フツー」を基準に物事を見てしまう。

突如、薄ら寒い思いが足下から這《は》い上《あ》がってきてゾクリとする。

「——思ったよりも早かったな」

「ええ、少々目立ちすぎたようですね。城内のお茶会だけにしておけばよかったのに、あちこち連れ回すからです。噂《うわさ》は噂を呼び尾ひれをつけて女王の耳に届いたのでしょう」

「誰のせいだと思っているのかね？」

「さあ？」

ブランシュはいつものように悪びれることなく肩を竦めてみせるも、ウサギ耳は後ろに伏せている。

「ですが、遅かれ早かれいずれはこうなっていたと貴方も分かっていたはずです。ただ時期が早まっただけと割り切る他ないでしょう」

珍しく表情をくもらせるブランシュにますます違和感が肥大していく。

どうしたんだろう？　何があっても飄々としている彼らしくない。

ただごとならない空気が重くのしかかってくる。

だけど、すぐにブランシュはいつもの調子を取り戻して、他人事のような口調で言い捨てた。

「まあ、愛の力とやらでこの試練を乗り切ればいいんじゃないですかね？　貴方は権力に屈するような小さな器ではないでしょうし」

「無論、アリスを食客に迎えたときからそのつもりだ」

レーヴィスさんがすかさずきっぱりと言い切ると、しおれていたブランシュのウサギ耳が元気を取り戻した。

「では、私は次の予定が控えていますので失礼するとします。どうぞごゆっくり続きをお楽しみください」

ブランシュは、いつものように懐中時計を確かめてから、そそくさと逃げるように馬車のドアを閉めて去っていった。

まさに脱兎のごとく――

ややあって、御者のかけ声が外ですると同時に馬車が再び動き始めた。

ようやく二人きりになることができて胸を撫で下ろすも、ついさっきのやりとりが気になって、やはり別な意味でどうしたものかと考えあぐねてしまう。

いったん中断された行為の続きをするというのは初めてのケースということもあるし、そもそも今はそんなことをしている状況じゃないのでは⁉　と、冷や水を浴びせられたかのような気がする。

「あ、あの、どうしましょう……」

「何を迷うことがあるのかね？　邪魔者はいなくなったのだから続きを楽しめばいい」

レーヴィスさんは封筒をフロックコートの懐にしまうと、私の腰を掴んで自らの腰をゆっくりと動かし始めた。

「ン……あっ……あぁ……」

馬車の振動と相まって、奥のほうへと鈍い快感がねっとりと埋め込まれていき、いったんクールダウンしたはずの心身がすぐさま燃え上がってしまう。

レーヴィスさんは何事もなかったかのように私の首筋に口づけながら、徐々に腰を荒々しく跳ね上げていく。

「ま、待って……ください。封筒の中身……確認しなくても大丈夫なんですか？」

「ああ、構わない。おおよその見当はつく」

そう言うと、彼は私の胸元を引き下げ、コルセットの中から掬《すく》うようにして白い乳房を露出させた。

「あ、ああっ！」

馬車の振動と彼の動きとに弾む胸を彼の大きな手に鷲掴みにされてしまう。

柔肉が揉みしだかれていびつに形を変え続ける様を間近に見つめながら、私は熱い吐息をついた。

すると、その吐息ごと唇を彼に奪われてしまい、いつも以上に情熱的に貪られる。

「ン……ン……ンンンッ」

脳に甘やかな快感が突き刺さってきて、すぐさま蕩けてしまいそうになる。

彼の化身が、私の膣内を穿ちながらさらに力強さを増していく様子が伝わってきて、昂《たか》ぶりに拍車がかかる。

「や、あ、あぁ……」

彼の上で身悶えながらも、やはり封筒の中身が気になってしまう。

そんな私の内心を見透かしているかのように、レーヴィスさんは私の口中深くを舌でまさぐりつづけて言葉の自由を奪う。

このままうやむやにされてはならないと思うのに、私の全てを知り尽くした彼に敵うはずがない。

深く口づけられたまま身体の中心を雄々しい肉槍で掻き回され、子宮口へと太い衝撃を埋め込まれていき、たちまち理性はめくるめく官能の波に押し流されてしまう。

ああ、こんなの……抗えるはずがない。

今はもう何も考えたくない。全て忘れてしまいたい。

そんな衝動に突き動かされた私は、彼の腰の動きに合わせて腰を動かしてみた。

すると、さらに深い快感が下腹部の奥から滲み出てきて鳥肌が立つ。

「あっ……あ、あ……あぁっ」

馬車の不規則な振動と彼の腰の突き上げとに翻弄されながらも、自分の意志で乱れていくのはとても恥ずかしい。

でも、恥ずかしいほどいつも以上に感じてしまう。

動きがまるで予想できないため、不意に深くを突き上げられたかと思いきや浅くに揺すぶりをかけられたりして、そのたびに熱い吐息混じりの嬌声が喉から迸《ほとばし》る。

御者さんに聞かれてしまわないかと気が気ではないけれど、何かに憑《つ》かれたように腰を弾ませながら乱れてしまう。

「いつもより随分といいようだ」

「う……く……あ、あぁ……そ、そんなこと……」

「もっと私が欲しいと、甘えるように君の奥が私に絡みついてきている」

「あっ、そ、そんなこと……言わない……で……」

「ほら、まただ。甘く締め付けてきた」

「あぁぁああっ……いやぁ……」

耳元で男の色香が滲み出る声色でいやらしく恥ずかしい反応を指摘され、羞恥心が異様なほど燃え上がる。

身体の奥深くが火照って、とろとろになった蜜壺が彼の半身をよりいっそう熱を込めて締め付けてしまうのをどうすることもできない。

しかし、彼のほうは焦らすかのようにペースを崩そうとしない。

たまらず、私は喘ぎあえぎ彼に訴えかける。

「……ン、あぁ……も、もっと……」

「もっとどうしてほしいのかね？」

「あぁあ……それは……その……」

「きちんと具体的に教えなさい」

丁重な口調だけど、その端々には嗜虐の色がありありと滲み出ていた。

つい従わずにはいられない妖しい気持ちを掻《か》き立《た》てられてしまう。

「…………」

返事を躊躇する合間にも、彼の抽送は止まない。

悠然とした動きで私を翻弄するかのように膣壁を抉ってくる。

「あ……あっ……ああぁぁっ！」

腹部側を穿たれた瞬間、尿意にも似た感覚が膨《ふく》らんで今にも爆ぜそうになり、つい力みながら鋭い声をあげてしまう。

すると、彼は腰の角度を固定して、そこばかりをじっくりと責め始めた。

敏感な箇所を熱い亀頭で突かれ、引き抜くときには出っ張りに抉られ、私はいっそう追い詰められていく。

「ひっ⁉　あ、あ、そ、こっ……あぁ……」

「やはり君はここがいいようだな。ここをどうしてほしい？」

レーヴィスさんは、渋い声色で挑むような抑揚をつけて私の耳元へと囁いてきた。

その声は性質の悪い媚薬のように、さらに私を酔わせてくるわせていく。

「あ、あぁ、そ、そこ……を……もっと……強く……して、ください」

燃え盛る羞恥に身悶えながらも、途切れ途切れに胸に渦巻く欲求を言葉に託す。

きっとレーヴィスさんはもっと直球な表現を望んでいるのだろうけれど、遠まわしな表現で求めることすらいっぱいいっぱいだった。

そんな私の切羽詰まった訴えを彼はしっかりと受け止めてくれる。

「——分かった。君の望みどおり、もっと激しく強く虐《いじ》めてあげよう」

そう言うと、レーヴィスさんは私の腰を支える手に力を込めて、ようやく本気の雄々しい抽送を開始した。

「あああっ！　あ、あ！　あぁっ⁉」

ついに真下から次々と太い衝撃が埋め込まれ始めた。

奥深くと感じやすい箇所を交互に力いっぱい穿たれて、舌がもつれて声も激しく乱れてしまう。

私は、彼にしがみついたまま自らも一心に腰をくねらせて、さらなる高みを彼と共に目指していく。

不安も何もかも——たちまち愉悦の高波へと呑まれていく。

何度も昇りつめては、さらにその先にある頂上を目指して互いにより深く激しく一つに溶け合っていく。

本能を剥きだしにした激しすぎる交わりに、指の先からつま先の端々にまで悦楽のさざ波が拡がっていき、やがて全身がたよりなくわななき始める。

「あ、あああ！　レーヴィスさん！　も、もう……っ！」

「ああ、一緒に行こう」

思いの丈を込めて彼の身体を力いっぱい抱きしめた。

愛の言葉がすぐそこにまでせりあがっていたけれど、脳裏に一瞬彼の秘密がよぎって寸でのところで呑み込んだ。

愛しているのに、素直に愛しているといえないなんて——

切なくて悲しくて……そんな思いを全て手放したくて淫らに腰を弾ませる

すると、限界が近づいている私の様子を見てとったレーヴィスさんが、私の腰に両手を回してホールドしたまま一度腰を大きく回してきた。

肉棒がぐちゅりと音をたてて愛液に満ち満ちた坩堝《るつぼ》を攪拌してくる。

「きゃ、あぁあぁあぁああっ!?」

私はたまらず全身をびくつかせて鋭く達してしまい、新たな蜜潮が奥からしぶきをあげてつなぎ目からあふれ出てきた。

彼の半身を渾身の力で締め付けてしまったにもかかわらず、彼はさらなる追い打ちをかけてくる。

私が絶頂を迎えたことは伝わっていたはずなのに、間髪入れずによりいっそう荒々しく腰を突き上げてきたのだ。

「っ!? あ、ンッ!? あ、あ、あぁっ! やぁあ、も、もう……っめぇ……や、やあ、あぁあああああっ!」

余裕を失った悲鳴混じりの嬌声をあげながら、私は彼にされるがまま。

そのあまりにも激しい……まるで犯されているかのような交わりに、あられもない声をあげてよがりくるわずにはいられない。

本能を剥きだしにされたこんな姿……本当は誰にも見られたくない。特に彼には見られたくない。

それでも……彼にならいいという相反する思いに胸が締め付けられる。

「レーヴィスさ、ん……ンンンンッ!?」

感極まって彼の名を叫ぶと共に、頂上を超えたその先へと一気に昇りつめていく。

刹那、彼が腰を引き抜いて、熱い精汁が先端からしぶきをあげてまき散らされた。

「……っあ……あぁあ……」

白濁は勢いあまって私の胸や顔にまで飛び散ってくる。

その濃い淫らな香りに、私は眩暈を覚えながら真っ白な世界にたゆたう。

身も心も全て解き放たれたような圧倒的な解放感に身を委ねながら夢心地でがくりとうなだれる。

頭のヒューズが焼き切れてしまいそうな絶頂に次ぐ絶頂にすっかり蕩けきってしまった私をいたわるかのように、レーヴィスさんは優しく抱きしめてくれた。

汗ばんだ私のこめかみに口づけたまま、乱れきった私の息が整うまで静かに待っていてくれる。

先ほどの獣のような獰猛さはすでに消え失《う》せていて、いつもどおりの紳士的な彼に戻っていた。

それを少しだけ残念に思うと同時に、ホッと安堵するもう一人の自分もいて――

複雑な思いに駆られる。

彼にこんな風にどこまでも甘く丁重に扱われることはもちろん、さっきみたいに犯されるように獰猛に貪られることにもどうしようもなく惹かれてしまう自分に改めて気付かされて……どういうわけか視界が涙で滲む。

他の人相手には到底考えられないような行為ですら彼になら許してしまう。

ああ、やっぱり……それほどまでに彼を深く愛してしまったのだと今さらのように思い知らされる。

でも、彼には、私以外にもすでに大切な人がいたのだ。

たとえそれが過去のことであったとしても……今もなお彼の心に、彼の奥様とお子さんがいるだろうことには変わりない。

過去は過去、現在は現在と割り切れず、嫉妬してしまう自分が情けなくて自己嫌悪に駆られる。

「どうかしたのかね？」

「いえ……なんでもない……です」

彼は涙ぐむ私を訝《いぶか》しみながらも、それ以上詮索しようとはしない。

その気遣いがうれしくもあり、また悲しくもある。

彼にとって、私はいったいどういう存在なのだろう？

こんなにも欲してくれるのは、家族を失った心の隙間を埋めるため？

それとも私は彼にとって家族が戻ってくるまでの「つなぎ」のようなもの？

そこまで思い至るや否や、突如脳裏に、レーヴィスさんと最初に出会ったときの情景が鮮やかによみがえった。

夢のように立派なお茶会であるにもかかわらず招待客は皆無——そんな奇妙なお茶会に紛れ込んでしまった私を彼は抱きしめて情熱的なキスをした。

あのときは、突然のキスに混乱して頭がまったく働かなかったけれど、考えてみれば、彼にはそんなキスをする相手がいたということ。

『あまりにも似ていた』と彼は言っていたけれど、その相手がまさか彼の奥様だったなんて。

彼が私を食客に招いてこれでもかというほど尽くしてくれたのもきっとそのせい。

そんな単純なこと、どうして今まで気がつかなかったのだろう？

否、敢えて本能が目を背《そむ》けさせていたといったほうが正しいのかもしれない。

あまりにも彼が素敵すぎて……そんな彼に求められ、これまでにないほど丁重に扱われるのがうれしくて……手放したくなかった。

振り返ってみれば、いつだって違和感はつきまとっていたのに……。

彼が私を誰と勘違いしたか……ついに知ってしまった私は呆然自失となる。

「何も心配することはない。アリス、私が君を必ず守ってみせる――私を信じてすべてを委ねておけばいい」

レーヴィスさんは、今にも目の縁から零《こぼ》れ落《お》ちてしまいそうな私の涙をキスで拭うと、乱れた髪を指で梳《す》いて整えてくれる。

きっとさっきのブランシュとのやりとりを私が案じているのだと心配してくれているのだろう。

私が彼の秘密を知ってしまったことにはまだ気づいていないはず……。

けして気づかれてはならない。

彼が秘密のままにしておいたのには、きっとそれ相応の理由があるはず。

なのに、彼以外の口から、たまたまとはいえ事実を知ってしまったのは、そんな彼の思いを踏みにじってしまうことになりかねない。

私が彼の立場だったら、秘密を明かすときまで相手には待っていてほしい。

待てずに秘密を暴かれたとしたら、自分を信じて待ってはくれなかったのだときっと相手に失望するだろう……。

レーヴィスさんがさっき私に言ったように、彼を信じて全てを委ねきることができたらどんなにいいだろう。

でも、彼の秘密を知ってしまった以上、それは至難の業に思えてならない。

過去を隠していたのはきっと理由があってのことだろうと頭では分かっていても、どうしてそんな大事なことを今まで黙っていたのだろう？　という不信感までは拭い去ることができない……。

まるで信じきっていた相手から騙《だま》されたような裏切られたかのような――

そこまで考えて血が凍るかに思えた。

さんざんお世話になってきておいてそんな風に思いたくない。

だけど、一度胸にこびりついた疑惑は、そう簡単に、はがせそうにもなかった。

第六話　夢を終わらせる決意

あんなにも楽しみで甘やかだったお茶会が、まさかこんなにも気が重いものになるだなんて思いもよらなかった。

お茶会の時間に合わせていつものように薔薇の庭園に向かう足も鉛のように重い。

「………」

私はふと足を止めると、深いため息をついた。

もうあれから一、二週間は経つだろうか？

正確には分からない。

この世界にやってきてからというもの、やたら曜日感覚が鈍くなってしまった。

基本的には城暮らしで遠出したとしても三時のお茶会までには戻ってこられる範囲——という毎日の繰り返しのせいだろうか？

それが貴族の暮らしであって、今の私の日常……。

以前は時間の流れをゆっくり感じられるようになって贅沢だと思っていたのに、今は苦しい。

その原因は明らかだった。

レーヴィスさんの秘密を知ってしまってからというもの、明らかに彼との仲がギクシャクしてしまっている。

時を同じくして、レーヴィスさんも仕事が忙しくなってしまったらしく、お茶会以外でなかなか一緒に過ごす時間がとれなくなってしまったせいもあるのかもしれない。

一緒に遠出することもなくなってしまった。

その理由は他にあるのではないかと……つい訝しんでしまう自分が嫌だ。

ちなみに、例の女王からの招待状についてもいまだに伏せられたまま。その内容はおろか日時すら彼は教えてくれない……。

私のことを思ってのことなのだろうけれど、謎が謎のままというのは、どうもあまり気持ちがいいものではない。

つい疑心暗鬼になってしまう。彼が私に伏せていた秘密の過去と同じように。

「……って、別に……伏せていたって決めつけてしまうのもどうかと思うし……レーヴィスさんは尋ねもされないことをわざわざ自分のほうから打ち明けるような性格でもないし……」

独りごちてから、私は唇を噛みしめる。

もしかして、単刀直入に尋ねていたら、案外あっさりと教えてくれていたことなのかもしれない。

ただ伝える機会がなかったというだけのことで――

そう何度も前向きに考えようとしてみたけれど、やっぱり怖くてどうしても彼本人に直接確かめることができずにいる。

彼の本心を知りたいと思う一方で、それを恐れてもいる。

恋人として紹介されたときは、あんなにうれしかったのに……。

それがこうも簡単に覆《くつがえ》ってしまうなんて思いもよらなかった。

きっと彼のことだから、私が思い悩んでいることにもとっくに感づいているだろう。

私が……申し訳ないとは思いつつも、つい彼を避けてしまいがちなことも――

いつものお茶会で彼に抱かれるときですら……躊躇《ためら》いがちになってしまうことも。

だからこそ彼と私の部屋をつなぐ扉も、ここのところずっと閉ざされたままなのに違いない。

レーヴィスさんいわく、「仕事で朝早く城を発《た》ち、夜遅くに戻るようになったため」というのが表向きの理由だけれど、きっとそれだけじゃないはず。

気分が塞ぎがちな私を慮って、敢えてそっとしてくれているのだろう。

誰にでも言いたくないことの一つや二つはあるもので、それには敢えて触れずにそっとしておくことがきっと大人ならではの気配りなのだと頭では分かっているけれど、どうも心が追い付いてこない。

「……ホント……私って子供すぎ……」

吐き捨てるように呟く。

もっと割り切り上手な大人になれたならこんなにも悩まなかっただろう。いい年してまだまだ子供な自分が情けない。

でも、そもそも大人って何だろう？

いつから人って大人になるのだろうか？

二十歳からとか？

いや、そんな単純なものじゃなさそうだ。

少なくとも私にはまだまだ遠い存在に思えてならない。

って、こういう答えがそうそう出ないことを延々と考え込むのは私の悪い癖。

こういうときこそ、とびっきりよいお茶とお菓子をお供に、趣味や勉強もかねての読書やちょっとした手仕事に没入したらいい。

今日のお茶会が終わったら、ずっと作りかけで止まっていた飾りピンの制作を再開してみよう。

そう思い直したちょうどそのときだった。

薔薇の庭園に続く通路の手前で、ふと聞き覚えのある声を耳にして足を止める。

「……まったくいくら『赤の裁判』の招待を取り下げさせようとしたところで、あの女王相手じゃすべて無駄になるだけでしょうに……一体何を考えているのやら。女王に目をつけられた時点であきらめるほかないというのに……異邦人を庇えば火の粉がかかってくることくらい想像できるはず」

苛立ちをあらわにした独り言に思わず聞き耳をたててしまう。

この声は——ブランシュ？

招待を取り下げさせようとしてるって……まさかレーヴィスさんが⁉

私には仕事が忙しいって言っていたのに？　そもそも『赤の裁判』って？

すぐには理解が追い付かず、何度もブランシュの言葉を反芻して考えを巡らせる。

女王がブランシュに託したレーヴィスさん宛ての封筒の中身は『赤の裁判』の招待状だったということ？

裁判に招待って……意味が分からないけれど、なんとなく喜ぶべきものではないだろうということくらい想像はつく。

そして、レーヴィスさんはその招待を取り下げようとして、女王にかけあってくれていたということ？

私には仕事が忙しいとだけ伝えて――

異邦人を庇うって……全ては私のために？

「……っ」

ようやく考えがまとまった瞬間、私は口元を覆って愕然とする。

まさか、そんな大事《おおごと》になっていたなんて思いもよらなかった。

それなのに、私はといえば……ギクシャクした態度をどうすることもできずに、無意識のうちに彼を遠ざけてしまっていた。

それでも彼は何も言わずに、少し離れたところで私を見守ってくれていた。

知らなかったこととはいえ、誰よりも大切に想《おも》っている人になんてひどいことをしてしまっていたのだろう……。

ショックと自己嫌悪の針が胸を貫く。

だけど、今はショックを受けている場合じゃない。

私は気を取り直すと、今日という今日こそ全ての事情を知っているだろうブランシュを追及すべく、レーヴィスさんと別れて歩き出した彼の前に躍り出た。

「ブランシュ！　今日という今日は逃がさないわよ！　『赤の裁判』って何⁉　『あきらめるほかない』ってどういうこと？」

ブランシュの前に立ちはだかると、ここぞとばかりに詰め寄る。

「――っ⁉」

彼は私を迂回《うかい》して脱兎のごとく逃げ出そうとしたけれど、私は壁にドンっと片手をついて退路を断った。

ああ……キチなウサギ男相手にこんな壁ドン……いやすぎる。

私が引きつった笑いを浮かべながらも凄んでみせると、ブランシュはものすごく迷惑そうな顔をしてボソリと呟いた。

「──そんなこと、わざわざ吾輩に聞かずとも、招待状を受け取った本人から聞けばいいでしょう」

その言葉を耳にするや否や、エタニティランドにやってきて以来、心の中でひそかにずっと張り詰めていた糸がついにプツンと切れてしまった。

「そんなことできていたらとっくにしてるしっ！　だけど、教えてくれないんだからどうしようもないじゃない！　大体いつも何なのその態度っ！　ホント腹たつんだけど？　そっちに協力するつもりがないならこっちだって同じ。果たさなくちゃならない『役目』とかも、いい加減ぶん投げちゃうけどそれでもいいの⁉」

私が一気にまくしたてると、ブランシュは形のいい眉をひそめた。

「……脅すつもりですか？」

クールな表情はいつもと変わらないけど、ウサギ耳が垂れているところを見るとあと一押しというところか。

「脅しじゃないわっ！　本気よっ！　これ以上、私の質問をはぐらかすなら私にも考えがあるんだからっ！」

私はカッと目を見開いてブランシュにハッタリをかました。

すると、ブランシュは視線をたよりなく宙に泳がせてモノクルをかけ直すと、ようやく観念したようにのろのろと言葉を続けた。

「……分かりました。質問に答えましょう……。『赤の裁判』とは、レッドキングダムを統べる赤の女王が主催する悪趣味なパーティーのことです」

「悪趣味って？」

「女王の気分と独断によって罪人をしたてあげて処刑する様を楽しむというのがそのパーティーの趣向なのです」

「……なっ⁉」

彼の口から聞き捨てならない単語が次々と連なって私は自分の耳を疑う。

それって……悪趣味の一言で片付くようなものなワケ⁉

まず、裁判のくせに「女王の気分と独断によって罪人を仕立てあげて処刑する」とか、意味不明すぎだし。それじゃ最初から有罪が決まっている出来レースだ。

そもそも処刑を楽しむって感覚が理解できない。ショージャあるまいし……。

想像以上にトンデモすぎる招待状の内容に眩暈を覚える。

ブランシュのいつもの毒を含んだ冗談だと思いたい。

だけど、彼の珍しく思いつめた神妙な面持ちからも、それがまぎれもない事実なのだと伝わってくる。

ホントに……なんてひどい世界なんだろう。「不思議の国のアリス」の世界も狂気じみてはいたけれど、まさかそんな世界がリアルに存在するなんて思いもよらなかった。

「あの招待状って……レーヴィスさんにではなく私宛てのものだったの？」

「ええ、そうです」

「……どうして？　何も悪いことなんてしていないのに……」

「いえ、重大な罪を犯していますよ」

「えええええっ？」

思いもよらなかったブランシュの返事に耳を疑う。

「異邦人はエタニティランドの秩序を乱す存在として、『赤の裁判』にかけられて処刑される決まりになっているのです。もっとも仮に異邦人でなかったとしても無理やりそう仕立て上げられてしまうのですが――貴女が元いた世界で言う『魔女裁判』のようなものだと言えば伝わりますかね」

「……なっ!?」

魔女裁判って歴史の授業で習ったアレ？

何の罪もない人を魔女に仕立て上げて、拷問にかけて魔女であることを無理やり認めさせて処刑するっていう……。

私がショックのあまり言葉を失っていると、ブランシュが言葉をつづけた。

「『赤の裁判』という名が示すように血塗られた裁判なのですよ。あらかじめ有罪が決められたものであって無罪はあり得ません」

「…………」

救いのない彼の言葉に目の前が真っ暗になる。

「そんな無茶苦茶な裁判……たまったもんじゃないわ！」

「赤の女王は無慈悲な独裁者ですから。女王がイエスといえばイエス、ノーといえばノー。それがレッドキングダムのルールなのです」

「………」

ところ変われば常識もルールも異なるってことは、重々承知していたつもりだった。

だけど、まさかここまでとは思いもよらなかった。

異邦人ってだけで処刑されてしまうとか――納得がいくはずもない。

でも、郷に入っては郷に従うほかない……。

もしかしたら、いや、もしかしなくてもとんでもない世界に放り込まれてしまったようだといまさらのように気付かされる。

「……よくも……とんでもないことに巻き込んでくれたわね……」

喉の奥から言葉を振り絞って、ブランシュを睨みつけた。

「後悔していますか?」

「………」

そんなのしているに決まってる!

こんなとんでもない盛大な後出したまったものじゃないっ!

そう思うのに、即答できない自分がいて……戸惑う。

すると、ブランシュは私のこの反応を予想していたかのように頷くと、皮肉めいた微笑みを浮かべてみせた。

「貴女はそもそも元の世界に未練なんてなかったでしょう? むしろ、他に自分の居場所を求めていた。違いますか?」

「──っ⁉」

ブランシュの言葉が、私の心の奥を思った以上に深くグサリと貫く。

「前にも言ったでしょう？　私が無理やり連れてきたのではないと。そんなことは不可能だと。どの世界にも共通するルールがあります。それは、自分が望むものを引き寄せてしまうということ」

「…………」

彼のミステリアスな凄みを帯びた赤い双眸に射抜かれて、私は竦んでしまう。

「……そんな暴論、認めない。全てが望んだとおりになんてなるはずがないもの」

「ええ、ですが、これは優先度の極めて高い法則なのです。本人が気づいていないものまで引き寄せてしまうのが厄介な点ではありますが……」

「……っ⁉」

それって、私が気付いていなかっただけで、本当はこの世界にやってくることを望んでいたってこと？

にわかには信じがたいことだけれど、思い当たることはないとは言い切れずに私は黙り込んだ。

物心ついたときからたった一人の家族だったおばあちゃんを亡くしてからというもの、しばらくの間は何も手につかなくなって……一緒によくお茶をしていた思い出に浸りながら手仕事に没頭してなんとか寂しさをだましだまし暮らしてきた。

失ってみて、「自分の居場所」っていうものは、きっと心のよりどころとなる大切な人なのだとようやく気付かされた。

おばあちゃんという居場所をなくしてしまった私。

心に穴が空いたような思いをいつも拭い去ることができなかった。

もしかしたらそれが無意識のうちに「新しい居場所」を求めていたということ？

と、そのときだった。

脳裏にレーヴィスさんの憂いを帯びた穏やかな微笑みがよぎる。

今の私にとって誰よりも大切な人——私の居場所。

でも、それがまさか自分の命を代償にしなくちゃならないものだったなんて。

私はぶるりと身震いして自分の両腕を抱きしめた。

いきなり、目の前につきつけられた理不尽な運命を受け入れることができない。

そもそも、彼が私にとっての居場所であることは間違いないけれど、彼にとってはどうなのだろう？

「……レーヴィスさんが私の居場所っていうのは認めるけど、でも、彼にとっての居場所は違うでしょう⁉　今もまだ……奥様とお子さんを待ち続けているのに……」

「——知っていましたか」

「行方不明だって聞いて……」

「ええ、その通りです」

「…………」

心のどこかできっと少しだけでもブランシュが否定してくれることを願っていた。

だけど、全てを肯定されてしまって胸が凍り付く。

もうこれ以上はよしておいたほうがいい。

そう思うのに、胸がぐちゃぐちゃになって、あくまでも憶測に過ぎなかった不安までもが口から勝手に零れ出てきてしまう。

「……毎日かかさないお茶会だってきっとそのためでしょう？　私はあくまでも奥様たちが戻ってくるまでのつなぎの存在みたいなものでそれ以上でもそれ以下でもない！　これが、ブランシュの言っていた私の『役目』ってこと⁉」

自分で口にしておいて、これでもかというほど惨めな思いに打ちのめされる。

私は顔を両手で覆ってうなだれた。

やっぱり言わなければよかったと後悔する。

「ええ、確かに最初はそのつもりでした。でも、今は違います」

「……え？」

きっとブランシュのことだから、いつも以上の毒舌を差し向けてくるに違いないと思っていたのに、その予想は裏切られた。

おずおずと顔をあげると、ブランシュは顎に手をあてて思案顔をしていた。

「正直、現在の状況は誤算といっても過言ではありません。貴女の存在がレーヴィスにとって大きくなりすぎてしまいました」

「……っ⁉」

思いもよらなかった言葉に心が揺らぐ。

珍しく私を慰めようとしてくれているのだろうか？

いや、彼に限ってそれはないか……。

ということは、今の言葉は本心？

最悪の予想だけは否定され、ズタボロに傷ついた自尊心が壊れきってしまう寸前で救われたかのように思えて私は脱力する。

「ちなみに、レーヴィスの家族が戻ってくることはありえません。彼も本当はきっと気付いているはずです——ただ認めたくないだけで。ですから、もういい加減、叶うことのない夢から覚めるべきなのです」

「……どうしてそう言い切れるの？」

「行方不明となった者のほとんどの行先は異世界ですから。その場に居合わせたのでなければ、基本的にどの世界に飛ばされたかも分かりません。並行世界というものは、ありえた未来の数だけ無数に存在しているのです」

「でも……ブランシュは、私が元いた世界とこっちを行き来しているじゃない⁉」

「ええ、我々はそういう種族ですので。ですが、あくまでも行先を把握していないと厳しいです。それに、さすがにノーリスクというわけにはいきません——」

そういえば、こっちで再会したときに確かにそんなことを言っていたような気がする。すぐには戻ってこられなかったたって……。

だけど、リスクって？

疑問に思う私へと、ブランシュは左手首に巻いている包帯を解いて見せてきた。

「我々『時の渡り人』であっても、一歩間違えれば命を落としかねない。無論そう何度もできることでもありません」

彼の左手首には無数の傷が刻み込まれていて、私はたまらず目を背けてしまった。

それはおびただしい数のリストカットの痕だったのだ。

「その傷は……一体……」

「詳しくは守秘義務に該当するため話せませんが、異世界間を移動するために必要なことだとだけ言っておきましょう」

「…………」

古い傷痕の上にまだ新しい傷痕が折り重なっていて、そのあまりもの生々しさに血の気が引く。

「…………」

あまりにも次元の違う話に頭がついてこない。

ただ、レーヴィスさんの家族が彼の元に戻ってくることは二度とない。

それを聞いた途端、一瞬、心が軽くなってしまった自分が最低な人間に思えて、自己嫌悪に押しつぶされそうになる。

と、唐突にブランシュがガラにもなく私の手を握りしめてきた。

そして、私をじっと見つめると思いつめた表情で言った。

「レーヴィスを悪夢から解放することができるのはおそらく貴女だけ。どうか彼を救ってはもらえませんか？　もはや時間がないのです」

「……でも、一体どうすれば？」

「『赤の裁判』まであと五日。それまでに彼の夢を終わらせてほしいのです」

「っ⁉　夢を……終わらせる？」

そんなことできるのだろうか？

「今、彼は夢と現実の狭間《はざま》にいます。現実の世界に引きずり出すには、貴女という夢を終わらせなければならない」

謎かけのような意味深な言葉を呑み込むのに時間がかかる。

いつの間にか私が彼の夢になっていたなんて。

だけど、それを終わらせるって……。

「まさか……彼と別れろって……こと？」

「……そのとおりです」

「……っ⁉」

ようやくブランシュの言わんとすることが分かるや否や、心臓がぎしりと軋んだ。

レーヴィスさんと別れなくちゃならないなんて……。

心を根こそぎ奪われるかのような喪失感が押し寄せてきて、頭の中が真っ白になってしまう。

「そん……な……」

「最初は、夢の続きを見せることが最善策だとばかり思っていました。確かに傷を癒すにはよかった。ですが、これ以上は貴女にとっても彼にとっても破滅でしかない。元々、女王に目をつけられた時点でこの計画は切り上げるつもりでいました。貴女が彼の夢を終わらせてくれたなら、吾輩の命に代えても貴女を元の世界に戻しましょう」

「…………」

元の世界に戻ることができる。

それは、こっちの世界に飛ばされた当初からの目標で喜ぶべきこと。

そのはずなのに素直に喜ぶことができない。

むしろ、その逆だった。

レーヴィスさんと別れなくちゃならないなんて……まったく頭になかった。

だけど、元の世界に戻るってことはそういうこと。

全力で拒絶したい衝動に駆られるも、ギリギリのところで踏みとどまる。

「命に代えてもって……どうしてそこまで……」

「それでレーヴィスが救われるなら安いものです」

「………………」

ブランシュの一分《いちぶ》の迷いもない即答に、揺るぎない強い意志を感じて息を呑む。

「……怖くないの？」

「怖いに決まっているじゃないですか。ですが、レーヴィスとは昔からの腐れ縁ですから仕方ないでしょう」

ものすごく面倒くさそうに呟くわりには、ウサギ耳が落ち着きなくあちこちの方向へと向いていて動揺しているのが見てとれる。

まったく……ホントに素直じゃないというかなんというか……。

呆れると同時に、ようやく少しだけ肩の力が抜けてきた。

「……仕方ない……か。そうね。確かに……ブランシュの言うとおりかも」

仕方ないって口に出してみると、不思議と最悪の状況ですらまるごと受け止める覚悟のようなものがゆっくりと固まってくる。

もちろん、その一方で全力で抵抗しようとするもう一人の自分もいるけれど……それでもきっとこの選択肢が現状における最善策には違いない。

だから、死ぬほどつらくても……認めるほかない。

そもそも覚めない夢なんてものはないわけだし——

おそらく、このままじゃ私を守ろうとするレーヴィスさんにまで赤の女王の矛先が向かいかねない。

だからこそ、ブランシュもガラにもなく焦っているのだろうし、よほどまずい状況には違いない。

私のせいでレーヴィスさんにもしものことがあったとしたら……それこそ一生後悔するだろう。

それだけはなんとしてでも避けなければ——

ずっと彼に守られてばかりだった。

今度はきっと私が彼を守るべき番。

短い間だったけれど、一生に一度のかけがえのない夢を見たのだと思って……仕方ないと腹をくくるほかない。

くじけてしまいそうな思いを奮い立たせて、そう自分の胸へと言い聞かせる。

「……できるかどうか分からないけど……やってみる……」

「っ⁉　本当ですか？」

「さすがに処刑は困るし……」

「……やっぱり駄目ですか？」

「って、駄目に決まってるじゃない！　何よそれ！　役目だけ果たしてそのまま死んでくれたら一番楽みたいな言い方やめてもらえる？」

私が食ってかかると、彼は小さく舌打ちして、とてつもなく残念そうに左手の包帯を巻き直した。

「…………」

ほんのちょっとだけ彼を悪友思いのいい奴《やつ》だなんて思った私がバカだった……。

本当にブランシュってレーヴィスさん以外のことは基本的にどうでもいいんだ……油断ならないにも程がある。

と、そのときだった。

庭園に置かれた置時計がお茶の時間を告げた。

「では、よろしくお願いします。もう吾輩は邪魔しませんから、ギリギリまで彼との時間を楽しんでください」

私の手をとって恭しく一礼すると、ブランシュは足早に庭園とは逆方向に向かって通路を歩いていってしまう。

彼の背を見送ってから、私は踵《きびす》を返すとレーヴィスさんの待つ庭園へと向かう。

どこまでも淫らで甘くくるおしいお茶会へ――

ギリギリまで彼との時間を楽しむ……か……。

永遠に続くかに思われたお茶会だけど、もうあとわずかしか参加できないなんて信じられない。

そのことを思うだけで、身も心も切られるような錯覚を覚える。

本当は彼の傍にずっと一緒にいられたらどんなにいいか……。

でも、それはきっと叶わない夢。

二人共死んでしまっては元も子もない。諦めるほか仕方ない――

※　※　※

私はダージリンティーをお供にブランシュと交わした会話を思い出しながら、久しぶりに一心不乱に手芸に取り組んでいた。

少しずつ作り進めてきていたもので、いつかレーヴィスさんにプレゼントしたいと思っていた帽子用の飾りピン。

仕上げまであと一歩——

つくづく没入できる趣味があって本当によかったと思う。

昔から悩み事があるときにはこうして手仕事に没頭して乗り切ってきた。

だけど、さすがに今回ばかりはなかなか集中できないし、せっかくのお茶やお菓子の味もまったくといっていいほど分からなくなっていて……そう簡単に乗り切れそうにもない。

それでも、辛い思いをなんとかだましだまし乗り切るほかない。

私はため息交じりにビーズ刺繍を施した土台に羽飾りを縫いとめる手を止めた。

ブランシュの話だと、『赤の裁判』がおこなわれるのは三日後——

それまでに彼の夢を終わらせなければならない。

レーヴィスさんと別れなければならない。

二日間、他に何かいい手段はないかと必死に考えてはみたけれど……差し迫った危険が迫っている現状、とるべき選択肢はあまりにも限られていて逆にいっそ清々しいほどだった。

最優先すべきは、これ以上レーヴィスさんを私のために危険に晒すわけにはいけないということ。

レーヴィスさんは私のために『赤の裁判』の招待状の撤回を求めて赤の女王に謁見を申し入れてくれているという話だったけれど、ブランシュが独りごちていたように一歩間違えれば女王の不興を被って彼にまで火の粉がかかってしまいかねない。

だからこそ、あのブランシュですらあんなに切羽詰まっていたに違いないし。

これが最善策であって他に手はないということ。

残された三日で全てを元通りに――か。

もうあとたった三日しかないと考えるか、三日もあると考えるか?

駄目だ……何度考えても胸が押しつぶされそうになる……。

ちらりと時計を見た。もう夜中の一時過ぎ……。

レーヴィスさんはまだ戻ってきていない。

昼間のぎこちないお茶会を思い出しながら、私が重いため息をついたちょうどそのときだった。

隣の部屋からわずかに物音が聞こえてきて、私はビクッとその場に飛び上がる。

レーヴィスさんが戻ってきた。

ただそれだけのことなのに慌ててふためいてしまう。

「…………」

彼の部屋と私の部屋をつなぐ隠し扉をチラリと見やる。

ここのところずっと閉じられたままのドア。

それは彼に対する私の心を象徴しているようにも思えてならない。

ノックするのは躊躇《ためら》われてずっと延ばし延ばしにしてきてしまったけれど、もういい加減後がない。

彼に例の話をするための約束を取り付けなければ——

どういう別れ方をするのが彼にとって一番いいか……私なりに考えてみた。

本当は別れたくないのに別れなくてはならないことがこんなにもつらいこととは思わなかった。

でも、こうするほか仕方ないのだから覚悟を決めるしかない。

私は腹をくくると、ソファから立ち上がって扉のほうへと歩いていった。

そして、深呼吸を三回繰り返してからノックした。

「——アリスかね？　入りたまえ」

ドアの向こう側から彼の声がするな否や、今すぐ逃げだしたい衝動に駆られる。

しかし、その衝動をなんとか堪えきると、恐るおそるドアを開いた。

「まだ起きていたのかね？」

「……はい」

フロックコートを脱ぎながら、私のほうへとゆっくりと歩いてくるレーヴィスさんを前に心臓が軋む。

「あ、あの……ちょっとお話したいことがあって……」

「何かね？」

彼の手がのびてきて、その長い指が私の前髪をさらりと掻き分ける。

そんな些細な仕草一つでも私の頬は熱くなる。

なんだかこういうやりとりすら、ものすごく久々な気がして胸が詰まる……。

時間が限られていると知ったのだから、もっと早くに覚悟を決めて彼とのこういう時間を大切にすべきだったと後悔するけどもう遅い。

せめて、これ以降の残された時間だけは大切にしなければ。そう思う。

「あの、明日のお茶会なんですけれど……良かったら私に任せてはもらえませんか？　朝から少しどこかへ遠出して……その先でピクニックがてら……とか駄目ですか？」

「――ほう？」

勇気を振り絞って途切れ途切れに伝えると、彼は顎に手をあてて首を傾げる。

その鋭い視線から本心を見抜かれてしまいそうで、私は慌てて目を逸らした。

胸の奥で心臓がすごい勢いで鼓動を打っているのが伝わってきて苦しい。

しかし、恐れていた彼の追及はなかった。

「他でもない君の誘いだ。ぜひにと言いたいところだが、いつもどおり三時からでも構わないかね？すでに予定をいれてしまっているのでね。本当は君の誘いを何よりも優先させたいのだが……」

「いえ、それはもう必要ないですからっ……」

朝から外せない予定というのは、きっと『赤の裁判』関連のこと。

これ以上、彼を危険な目に遭わせたくない。迷惑をかけたくない。

その一心から、つい即座に言葉をかぶせてしまい、しまったと思う。

ただですらいきなりすぎるお誘いで疑われていると思うのに、これじゃ余計疑われてしまう。

「必要ないとは？　なぜそう思うのかね？」

「……いえ、そ、その……」

レーヴィスさんに突っ込まれてしまって私は言葉を濁す。

もっとうまく自然に話ができればいいのに。

やり慣れていないということもあって挙動不審にも程がある……本当にこういうのは苦手だ。

「――またあのウサギが君に何か余計なことでも吹き込んだのかね？」

「……っ⁉」

さすがというか、やはり簡単に見抜かれてしまう。

まあ、仕方ない……。

そもそも洞察力に優れた彼の目をごまかそうとすること自体が無理な話だったに違いない。

私は観念すると、別に全てを明かさずとも少しくらいなら問題ないだろうと、注意深く言葉を選びながら打ち明けた。

「……はい……その、例の招待状のことを……少しだけ……」

「それについては私に任せておきなさいと言ったはずだが？」

珍しく険のある口調にたじろぐ。

「でも……その……さすがに……申し訳なさすぎて……」

「君が気にすることはない」

「そんな無茶言わないでください！　気になるに決まっています」

「……私の心配をしてくれているのかね？」

「迷惑……でしょうか？」

「いや――」

そこでいったん言葉を切ると、レーヴィスさんは大きな手で私の頬を包み込むようにして撫でてから苦しそうに微笑んだ。

「それはとてもありがたいことだと思っている」

そのしみじみとした言葉と憂いを帯びた表情とに胸を衝かれる。

ずっと彼が時折見せるこの表情の理由が気になっていた。

その理由を知ってしまった今、彼がずっと抱えてきた苦しみが痛いほど伝わってきて、気が付けば、私は彼の胸に久しぶりに飛び込んでいた。

「どうかしたのかね？」

「……いえ……なんでもない……です……」

「ここのところ寂しがらせてしまっていたかね？」

「……はい、少し……だけ……」

本当は彼に負担をかけたくなくて否定したかったけれどできなかった。

寂しかった……本当はものすごく……。「少しだけ」なんて虚勢を張ってはみたけれど、彼への切ないまでのいとおしさが膨れ上がって、私は彼を力いっぱい抱きしめるとその逞しい胸に顔を埋める。

安堵感《あんどかん》に心身が満たされる。

あれだけギクシャクしていたのが嘘のようだった。

どうしてもっと早く勇気をかき集めて、こんな風に素直になれなかったんだろう？

鼻の奥がツンと痛くなり涙が滲む。

「――今日は一緒に寝るかね？」

「……はい」

「明日は君の望みどおり、全ての予定をキャンセルしよう」

「ありがとう……ございます」

レーヴィスさんは、私の様子がおかしいことを察しているだろうにもかかわらず、それ以上追及しようとはしなかった。

いつもと変わらず懐《ふところ》の深い彼の態度に、今まで必死に我慢してきた涙がついに堰《せき》を切って溢れ出てきてしまう。

駄目だ……こんなの余計怪しまれてしまうのに……。

でも、それでもたぶん彼は私のことを一番に考えて、涙の理由を尋ねてこようとはしないだろう。

いつもそう――自分のことは後回しで、私のことばかり気にかけてくれて。

それを思うだけで、余計泣けてきてしまう。

「……すみ……ません……」

「構わない。君が望むのならいつだって胸を貸そう」

レーヴィスさんの胸の中で肩を震わせながら必死に涙をこらえようとしても、後から後から溢れ出てきてしまって途方に暮れる。

それでも、やっぱり彼は黙ったまま、なおも私の背中を大きな手で優しく撫で続けてくれるだけ。

どうして、いつもこれほどまでに私の全てを受け止めてくれるのだろう？

私のことを何よりも優先してくれるのだろう？

二度と戻ってくるあてのない家族の代わりだから？

最初は確かにそうだったけれど今は違う。

そう言ってくれたブランシュの言葉を信じたいと思いながらも、ついそんな風に考えてしまう自分が情けない。

やるせない思いに、よりいっそう涙が止まらなくなる。

そんな私が落ち着くまで、彼は黙ったまま背中を撫で続けてくれた。

ややあって、私の涙が涸《か》れたのを見計らってから、レーヴィスさんは私の身体を横抱きにすると自分のベッドへと運んでいく。

そのままベッドにおろすと、自身はベッドの端に腰かけたまま私の頬を丁重に撫で続けてくれる。

それがあまりにも心地よくて、私は彼の手に頬をすり寄せて静かに目を閉じた。

「——ゆっくり眠りたまえ。眠りは何よりも効く薬だ」

耳元に甘く囁かれ、こめかみに唇にと軽くキスをされる。

「……はい」

心地よい……。

私は穏やかな眠りへと、満たされた思いで身を委ねていく。

泣いて泣いて泣き疲れて——

ずっと心の奥に溜まっていた濁ったものが全て涙で排出されたような気分だった。

不安もつらさも悲しみも消え失せて、後に残ったのはただただレーヴィスさんへの深い感謝の念だったことに驚きを隠せない。

確かに、彼は過去を隠していた。

その秘密に私はひどく傷つき打ちのめされた。

そのうえ、処刑を免《まぬが》れるために彼と別れて元の世界に戻らなくてはならない。

でも、だから何だっていうのだろう？

レーヴィスさんが私のことを何よりも大切にしてくれたことには変わらない。

私が彼のことを愛しているのも確かなこと。

もうそれだけで十分すぎるんじゃないだろうか？

夢のような恋とお茶会――

元々夢だったのだと思えばいい。

私のことはどうだっていい。彼のことだけを考えよう。彼と同じように。

レーヴィスさんのつらい過去の傷を少しでも癒すことができて、彼の未来のために夢を終わらせることができたらそれでいい。

どこか吹っ切れた思いで、私は涙ぐみながら彼の手を握りしめた。

すると、彼も私の手を握り返してくれる。

そのぬくもりが何よりもうれしくて切なくて……涸れたと思った涙が再び頬を伝わり落ちていく。

彼と出会ってから今までのことを懐かしく思い出しながら、私は久しぶりに穏やかな眠りの底へと沈んでいくことができた。

レーヴィスさんとの幸せな思い出はけして失われることはない。

そう心の底から実感できたことが何よりもの救いだった。

※　※　※

雲一つない真っ青な空の下、私は彼と連れ立って、城から程遠くない小高い丘へとハイキングに訪れていた。

こっちの世界にやってきたときと同じ水色のエプロンドレスで――レーヴィスさんは、いつもどおりのフロックコートにハットといういで立ちで。

緩やかな丘を先導してくれるのはレーヴィスさん。

いつも同様、私を気遣ってエスコートしてくれる。

私たちの後から大きなかごを抱えた小人たちが少し離れてついてきてくれている。

そのかごの中には、私が朝、早起きして見繕ったお茶やティーセット、お菓子、手作りサンドイッチなどがぎゅっと詰められている。

今日のお茶会のホストは、彼ではなく私。

お茶も彼の好みを考えてブレンドに挑戦してみた。

セイロンティーをベースに薔薇の花、マリーゴールドの花にオレンジピールをブレンドしたもの。

完全なオリジナルではなくて、昔一度だけ飲んだことがある、とある王室御用達《ごようたし》の高級ブレンドティーをアレンジしたもの。

その元となったブレンドティーは、実は私が紅茶にはまったキッカケとなった特別なものだったりして、ぜひとも彼にも飲んでもらいたいと思ってのこと。

そして、紅茶に合う軽食といったらやはりサンドイッチ——簡単なメニューと思われるかもしれないけれど、されどサンドイッチ。

ローストビーフを花びらのように仕立てて見た目にも華やかに、サラダやピクルスと一緒にパンにはさんでみた。

いつもお城でごちそうを食べている彼の口に合うかどうかは分からないけれど——これも私がちょっと気合い入れたいときにつくる定番メニュー。

とりあえず、レーヴィスさんに今までお世話になった分を少しでもお返しできるようにと、今の自分にできる最善を尽くしてみた。

もちろん今まで彼にしてもらったことを考えると……全然つり合いがとれていないとは分かっているんだけど……。

レーヴィスさんとの最後の思い出のためにせめてもの全力を尽くしたかった。

そんな私の気持ちを汲んでくれたかのように、今日は空に雲一つないすがすがしいまでのピクニック日和で、本当によかった。

しかし普段あまり運動していないだけあって、ちょっとしたハイキングでもすぐに息が上がってしまう自分が情けない。

対するレーヴィスさんは、息を乱すことなくいつもどおりの優雅な足取りで、明らかに私の速度に合わせてくれている。

小一時間そうやってゆっくりと丘へと続く緩やかな斜面を登っていった。

やがて、昇りきった先で視界が開ける。

「…………っ」

想像以上の見事な景色が目の前に広がっていて、私は言葉を忘れてその場に立ち尽くしてしまう。

そこは一面のシロツメクサでおおわれていた。

真っ白な花とクローバーの緑、空の青のコントラストが目に眩《まぶ》しい。

しばらく彼と二人並んでその雄大な光景に見入ってしまう。

「……きれい……」

私がため息交じりに呟くと、彼が私の肩をそっと抱き寄せてこめかみへと唇を押し付けてきた。

こんな美しい景色を最後にレーヴィスさんと分かち合えるなんて――

胸がいっぱいになって鼻の奥がツンと痛くなる。

どこまでも続く広大な草原に見入っていると、後からたどりついた小人たちが大きな切り株に真っ白なテーブルクロスをかけてくれて、その上にティーポットやカトラリーをセットしていく。

小さなコンロにシルバーのポットをセットしてお湯を沸かしつつ、空色のシートを広げてそこにクッションを敷き詰めると簡易ソファまでつくってくれた。

瞬く間にお茶会の準備が整う。

準備を終えると、小人たちは私たちにむかって深々と一礼して、来た道を馬車のほうへとスキップをしながら鼻歌混じりに戻っていく。

それを見送りながら、本当におとぎ話みたいな世界だな……と改めて思う。

だけど、グリム童話のように、往々にして元々のおとぎ話には結構残酷な描写や展開があったりもする。

エタニティランドも同じ――

複雑な思いに駆られるも、今は限られた彼との貴重な時間に集中すべきだと思い直してレーヴィスさんへと微笑みかけた。

「えっと、それでは改めまして……お茶会へようこそ、どうぞお座りください」

「アリス、お招きいただきありがとう」

私の手を取って甲にキスをすると、レーヴィスさんはソファへと腰かけた。

なんだか妙に緊張してしまうようなくすぐったいような……。

私も彼の隣に腰かけると、お茶を淹れていく。

その様子を彼が優しいまなざしで見守ってくれているのが伝わってきて、次第に緊張が解けて満ち足りた思いに包まれていく。

風が草葉を揺らして耳に心地よい音を奏でている。

茶葉を蒸らし終えた頃合いを見計らってお気に入りのカップに紅茶を注ぐと、柔らかなかぐわしい湯気がたちのぼった。

目を閉じてその香りを胸いっぱい吸い込むと、自然と笑みがこぼれる。

ゆっくりと目を開くと、私と同じように紅茶の香りを堪能していたと思しきレーヴィスさんと目があって笑い合う。

些細なことだけれど、やっぱり大切なものを分かち合える相手がいるというのはかけがえのないことなんだと改めて思う。

「――どうぞ、ブレンドティーです」

「いただこう」

どうか気に入ってくれますようにと、レーヴィスさんがティーカップに口を運ぶ様子を祈る思いで見つめる。

だけど、その一方で、どういうわけか彼が気に入ってくれるだろうという確信もあった。

「……ほう」

彼は目を瞑って紅茶の香りを間近で楽しむと、続いて静かに目を閉じて口をつけた。

喉元がわずかに上下した後、深いため息をつく
「これは――面白い。セイロンの茶葉、薔薇にオレンジピールに……」

「マリーゴールドのお花です」

私はちょっとだけ得意になって言葉を付け加える。

「なるほど、実に存在感がある。素晴らしいブレンドだ」

もう一口飲むと、彼の表情はさらに和らいだ。

いつもの眉間の皺も薄くなって、私までうれしくなる。

「喜んでもらえてうれしいです。完全なオリジナルではないんですけど……」

「そうなのかね？」

「ええ、実は私の世界で有名なブランドのお茶があって、それを元にレーヴィスさんが好きそうなアレンジを加えてみたんです」

まるっきり自分の手柄にしてしまうのもなんだか申し訳なくて、私は肩を竦めると種明かしにかかる。

「ああ、とても気に入った。良ければブレンドの割合を教えてくれるかね？　毎朝楽しむとしよう」

「もちろんです！」

気に入ってくれるだろうとは思っていたけれどまさかここまでとは思いもよらず、私は心の中でガッツポーズを決める。

「『アリスティー』と名付けて毎日味わわせてもらおう」

「えええっ⁉　完全なオリジナルじゃないのにそんな……」

「問題ない。私と君だけの秘密にしておけばいい」

いたずらっぽく片方の眉をあげてみせる彼に胸が甘く締め付けられる。

「サンドイッチも作ってみたのでよかったら一緒に召しあがってください……その……お口に合うかどうかは……分かりませんけど……」

お茶はともかくとして……問題はこっちだ。

普段からごちそうに慣れている彼の舌を満足させることができるだろうか？

私はドキドキしながら、彼に向けてタッパーを開いてみせた。

「わざわざ君が……私のためにつくってくれたのかね？」

「は、はい。お城のごちそうにはかなわないでしょうけれど……」

「いや、私にとっては何よりのごちそうだ。いただこう」

レーヴィスさんはそう言うと、いったん紅茶のカップをテーブルの上に置いて、サンドイッチにも手を伸ばした。

そして一口食べて目を瞠る。

「ああ、とてもおいしい」

「ホントですか⁉　よかったです……」

「もっといただいてもいいかね」

「それはもう！　むしろたくさん食べてください！」

「ありがとう。だが、君も食べなさい」

「あ……はい」

勢いづいてタッパーを彼に突き出すのを優しく宥められ、私は頬を赤らめると、それを机の上に置き直した。

彼の言葉に従って、まずは紅茶を一口。

うん、やっぱりこのブレンドは最強。きちんと再現できてよかった。

そう思いながら、ローストビーフのサンドイッチも頬張《ほおば》る。

「あ……ホントにおいしい……」

さっぱりとしていながら主張が強めのブレンドティーに、ローストビーフのサンドイッチが想像以上によく合っていて自然と顔がほころぶ。

ローストビーフは柔らかくできているし、ハニーマスタードの隠し味も利いている。

久々につくったからうまくできるか不安だったけれど、これならきっと大丈夫と、安堵に胸を撫で下ろす。

と、そのときだった。

「――特別な誰かが自分のためにつくってくれた料理というのはやはりいいものだな」

レーヴィスさんが遠い目をして、しみじみと噛みしめるように呟いた。

その言葉に胸を衝かれ、私も遠くを眺めて昔に思いを馳《は》せる。

「本当に……不思議ですよね。今思えば、おにぎり一つとってみてもごちそうだったなあって思います し……」

朝ごはんやテスト前の夜食のたびに、おばあちゃんがつくってくれていた炊き込みごはんのおにぎりを思い出すだけで切なくなる。

懐かしい。

たまにむしょうに食べたくなって自分で作ったりもするのだけれど、あの味にはどうやっても敵わない。

きっとおばあちゃんが私のために作ってくれたという「隠し味」が不足しているからだろう。

それにしても――レーヴィスさんが私のお茶や料理をここまで喜んでくれるなら、もっと早くに私主催のお茶会を開いておけばよかったと後悔する。

これもまたおばあちゃんのときと同じ……。

どうして人って、幸せなときがずっと続くなんていう錯覚を抱いてしまいがちなんだろう？

おばあちゃんの件で懲りたはずなのにまた同じ過ちを繰り返してしまうなんて、完全に油断していた。

「『おにぎり』というのは君がいた世界の食べ物かね？」

「あ、はい。とっても簡単なんですけど、素材を吟味して丁寧につくるとすっごくおいしいんです！」

「そうか――いつか食べてみたいものだな」

「……ええ」

本当にそれができたならどんなにいいだろう……。

そう思いながらも、そんないつかは来るはずがないという諦めにも似た思いに打ちのめされて言葉に詰まる。

「………」

黙ったままサンドイッチを頬張る。

さっきまでものすごくおいしいと思っていたのに、急に味を感じなくなってしまう。

本当に感情に正直に反応しすぎる自分の身体がうらめしい。

と、レーヴィスさんが不意に何かを見つけた様子で草むらに手を伸ばして摘み取る。

そして、それを私へと差し出してきた。

「珍しいものを見つけたものでね」

「これって……四つ葉のクローバー？　って、えええええ!?　四つ葉どころじゃないし」

彼と一緒に手元を覗き込んで葉っぱの枚数を数えてみると、なんと七枚もあった。

「すごい……七つ葉なんてあるんですね！　初めてみました」

「確か花言葉は――無限の幸福だったか。君にプレゼントしよう」

「……ありがとう……ございます」

レーヴィスさんはシロツメ草を器用に束ねて小さな花束にすると、そのクローバーと一緒に私の髪へと挿してくれる。

誇らしい思いに胸を躍らせながら、私も彼のためにと準備しておいたプレゼントをクラッチバッグかった。


の中から取り出した。

「実は私からもプレゼントがあるんです」

今朝、ギリギリなんとか仕上げることができたプレゼントを彼に差し出す。

本当はきちんとラッピングもしたかったのだけど、お弁当づくりなどもあってそこまで手が回らなかった。

ティーポットの刺繍の周囲をビーズで縁取って羽飾りをつけた帽子用の飾りピン。

刺繍まで一から刺してつくったのは初めてで――少し不格好になってしまったけれど、アンティークビーズでなんとかごまかせたはず。

「これは――帽子の飾りピンかね？」

「はい、実は少しずつ作り進めていて……なんとかギリギリ間に合って良かったです」

「間に合ったとは？」

「………………」

しまった――つい気が緩んで口が滑ってしまった。

本当は彼と二人きりのハイキングを心おきなく楽しんでから、最後に例の話を切り出そうと思っていたのだけれど……。

ツメが甘いのはいつものことだけど、何もこんな肝心なときに……。

後悔するけど、時間を巻き戻すことはできない。

予定とは違ってしまったけれど、遅かれ早かれ今日しなくてはならない話なのだから仕方ない。

そう腹をくくると、私は渋々あらかじめ考えていたように遠まわしに本題を切り出してみた。

「……実は……ようやく元の世界に戻る方法が見つかって……そろそろお城をお暇《いとま》しようと思っています」

「…………」

レーヴィスさんの眉が片方だけピクリと訝し気に動いた。

正確に言えば元の世界に戻る具体的な方法を知っているわけではないけれど、嘘をついているわけでもない。

だって、『役目』を果たせば、ブランシュが元の世界に戻してくれるのだから――

いつもの人を食ったような態度ならいざしらず、あんなにも真剣な彼の訴えを流すことなんてできるはずもない。

そして、私の『役目』は、レーヴィスさんの夢を終わらせること。

それは、きっともう二度と帰ってくることのない家族のために続けてきた終わりのないお茶会を終わらせること……。

夢の続きを担っていた私が彼と別れて元の世界に戻ること。

他の可能性も考えてはみたけれど、『赤の裁判』が差し迫っている今、やっぱり最善策はこれ以外には考えられなかった。

「本当に……今までいろいろとありがとうございます。レーヴィスさんに出会えて本当によかったです」

覚悟していたはずなのに、別れの言葉を紡ぎ出す唇がたよりなくわななないてしまい、声も震えてしまう。

「…………」

レーヴィスさんは、険しい表情をしてはいるものの私の言葉に黙ったまま耳を傾けてくれている。

だけど、私はそれ以上言葉を続けることができなかった。

もっと言いたいこと、伝えたいことはあるはずなのに——必要最低限の言葉を口から出すだけで精一杯だった。

心地よい風が吹き抜けていく中、シロツメクサが風になびいてサラサラとたてる音だけが耳に届く。

どのくらいそうしていただろう。

レーヴィスさんが重い口を開いた。

「なるほど。それが君の出した結論かね——」

「……はい」

「どうしても元の世界へ戻ってしまうのかね？」

「…………」

憂いを滲ませた彼の口調が胸に迫ってきて、即座に返答できない。

その躊躇《ためら》いを見てとったレーヴィスさんが、突如私の手を掴んで引っ張ったかと思うとその場に私を押し倒してきた。

「…………」

シロツメクサの絨毯《じゅうたん》を背中に感じながら、私はまっすぐ彼を見上げる。

抵抗しようとは思わない。

ただもう静かに彼の辛そうなまなざしをまっすぐ受け止めることしかできない。

「――短い間でしたけど、本当の本当に幸せでした」

「私もだ。アリス、罪深いことだと知りながら君を誰よりも愛してしまった――」

「っ⁉」

彼の突然の告白に、頭の中が真っ白になる。

さすがにこれは予想していなかった。

ずっと……心のどこかで待ち続けていた言葉。

どうしてよりにもよって、こんな最後の最後に――

心が激しく揺すぶられる。

だけど、ここで折れるわけにはいかない。

私はできれば言わずにおきたかった言葉を口にするほかなかった。

「……レーヴィスさんには、他に……大切な方々がいらっしゃるはずです……」

「ああ、確かに――そうだった」

「っ⁉」

過去を強調する彼の口調に動揺する。

レーヴィスさんは、私の目の奥をそのオッドアイで射抜くと、確信に満ちた重々しい言葉を続けた。

「だが、今、私が大切に思うのは君ただ一人だ。ずっと過去に縛られていた私を解放してくれたのは紛れもない君だからだ」

「…………」

まさかの言葉に視界が涙で滲む。

その涙をレーヴィスさんは優しいキスで拭ってくれた。

役目を果たしてから、彼とお別れをして元の世界に戻らなくてはと思っていたのに……いつの間にかもうすでに役目を果たしていたなんて……まったく気づかなかった。

ポーカーフェイスの彼の本心をようやく知ることができて胸が震えるも、どうしていまさら——という思いを拭うことができない。

「ど……して……そんな……いまさらそんなこと……言わないでくだ……さい……困ります……」

「君を困らせるのは本意ではないが、今はどんな手段をつかっても私の元にとどめておきたい」

「駄目です……このままお別れしたほうが……お互いのためです……」

口から紡ぎ出す言葉とは裏腹に、喜びの涙がこみ上げてきて溢れ出てきて止まらなくなってしまう。

「君の本当の気持ちを聞かせてもらおう——」

そう言うと、彼は私の両手を掴んで身動きを封じてからキスをしてきた。

「ン……ンンンッ！」

いきなり舌を奥まで挿入《い》れられて獰猛に貪られる。

ここまで激しいキスは初めてで、息が止まるかに思える。

それでも、顔を背けずに私は彼の唇を甘んじて受け入れる。

息を継ぐのも難しいほど激しいキスに、思いの丈を込めて一心に応じてしまう。

抗わなければと思うのに抗うことができない。

否、あんな告白までされて、抗えるはずがないといったほうが正しい。

レーヴィスさんは私の口中を貪りに貪った後、私の耳元に低い声で「アリス、本当の自分を偽るのはやめたまえ――」と囁いてきた。

「っ⁉」

反射的に淫らに弾んでしまう息を呑んで咄嗟に顔を背けて耳を塞ごうとするも、彼は私の耳たぶを甘噛みして舌で中の凹凸をくすぐってきた。

「あ……あぁ……」

粘り気を帯びたいやらしい音が頭の中に響いて、彼の色香溢れる声と共にたちまち私の理性を麻痺《まひ》させていく。

いつものように全身から力が抜けてしまい、身体の奥底の芯に灯が灯る。

それを見てとったレーヴィスさんは、私の耳を虐《いじ》めながら手首から手を離した。

そして、エプロンドレス越しに胸を揉みしだきつつ、スカートをおもむろにたくしあげていった。

ニーソックスに包まれた足も露わにされ、ショーツも脱がされてしまう。

レーヴィスさんは、エプロンドレスの下からツンと存在を主張した乳首を片方の指先でくすぐりながら、私の湿った箇所へと指を挿入れていった。

思わず足を閉じてむなしい抵抗を試みるも、片足を彼の足で押さえつけられていて動かすことができない。

不自由な感覚に胸が妖しくざわめき始める中、彼の指が私の奥深くをねっとりとした動きで掻き回してきた。

「ンっ！　あっ……あぁ……」

思わず声をあげて、のけぞってしまう。

私の弱点を全て知り尽くした彼の指……。

濡れた親指で肉核を弄びながら、二本の指は奥深くと腹部側の弱い箇所とを交互に責めてくる。

「あ、あぁ、ン……レーヴィスさ……ん……」

感じてはならないと思うのに、そう思えば思うほどかえって彼を感じてしまう。

このままでは……いつものように私の全てを剥きだしにされてしまう。

すでに自分を偽って別れを切り出しているると見抜かれてしまっているのに――

焦る一方で、もっと……彼が欲しいと思ってしまう。

そんな思いに連動して、膣壁が恥ずかしい涎を溢れさせながら、彼の指を貪欲に食《は》んでしまうのが自分でも分かる。

「やはり、こんなにも私を欲しがっている――違うかね？」

「っ⁉　そ、それ……は……」

「これでもまだ自分を偽るつもりかね？」

そう言うと、彼は指を引き抜いて、代わりに自分の半身をねじこんできた。

「んぁっ⁉　あぁぁあぁあっ！」

いきなり太くて硬い灼熱の棒を奥深くまで穿たれて思わず鋭い嬌声をあげてしまう。

膣壁が彼の半身を抱きしめ全身の血が沸き立ち、彼を渇望するのが分かる。

しかし、レーヴィスさんは深く挿入れたままで動きを止めてしまった。

「……え？」

「アリス、私が欲しいかね？」

欲望に濡れたまなざしを私に差し向けてくるのに、ストイックなまでの自制心をもって尋ねてくる。

「あ……あぁ……」

そんなこと分かりきっているはずなのに——

私はもどかしいほどの切なさに彼を見つめて唇を噛みしめる。

欲しいに……決まっている。

私の渇望に触発されて、身体の奥が屹立《きつりつ》へとうねって絡みつく。

しかし、彼はそんな誘いにも屈せず、私のヒップを指先でくすぐるようにして焦らし責めに徹する。

駄目……こんなの……苦しすぎる。

身も心もとっくに彼に支配され、彼のどんな反応にも感じてしまうようになっているというのに。

抵抗なんてできるはずがないのに……。

でも、ここで折れてしまえば、せっかくの決意が無駄になってしまう。

激しい葛藤に苛まれて、私は煩悶する。

「さあ、これでもまだ意地を張るつもりかね？」

「あっ⁉　あ……あっ……う、動かさない……で……」

切羽詰まった声で訴える。

腰のわずかなスライドにも恥ずかしいほど敏感に応じてしまう自分が恥ずかしい。

「もっと激しく動かしてほしい、の間違いではないのかね？」

「あああ、そ、そんな……こと……」

「一度蜜の味を知ってしまえば——抗うことはできない。心も身体も——」

しみじみとそう呟いた彼の声色は自嘲めいていた。

まるで、自分のことを言っているようにも聞こえて胸が苦しくなる。

「……ああ、苦しませたくなんて……ない……のに……すみ……ません……」

「いや、君は私を救ってくれた。だが、喜びが大きければ大きいほど苦しみもまた大きくなるだけのこと。もうとっくの昔に執着など捨てさったつもりだったが――」

そこで彼はいったん言葉を切ると、深いため息を一つついて懊悩に満ちたまなざしで私を射抜いた。

「……アリス、君なしの日々はもはや考えられない。ずっと私と一緒にいてはくれないかね？」

「……っ⁉」

こんな状態で……まさかのプロポーズっ⁉

一瞬、時が止まったかに思えて息を詰める。

これは……本当に現実なのだろうか？　それとも夢？

つい疑ってしまう。

でも、こんなプロポーズを私が思いつくはずもないし――

ということは、やはり現実に違いない。

こっちの世界に来て以来、もはや何が夢で現実か分からなくなってはいるけれど。

まさかこれほどまでに彼が私を欲してくれていたなんて思いもよらなかった。

家族の代わりとしてではなく、私そのものを渇望してくれていたなんて……。

ここまで誰かに求められたことは初めてで……その思いに真摯に応えたいという思いが胸をまっすぐに貫いた。

こんなの……抗えるはずがない。

崩落寸前の瀬戸際でなんとか耐えていた決意がついに砕けてしまう。

「……はい」

気が付けば、素直な言葉が口をついて出ていた。

しまったと思って口を塞ぐも、時すでに遅し。

その言葉は彼の耳へと届いてしまっていた。

レーヴィスさんは穏やかに微笑みながら私にしっかりと頷いてみせると、私の腰を本格的に抱え込んで苛烈なまでの抽送を始めたのだから。

「っ⁉ あっ！ あぁっ！ ン、あぁあっ！ や、あぁ、やぁあああぁあああ！」

最奥まで圧倒的な圧で押し広げられて重い衝撃がはしり、一瞬目の前が明滅した。

息つく間もなく、獰猛な獣と化した彼に貪られていく。

自重をのせた鋭く激しい突き上げの猛攻に、瞬く間にくるわされる。

怖いほどの快感の渦が下腹部と頭の中でひっきりなしに爆ぜ続ける。

いつものお茶会がカオスと化してからというもの、これでもかというほど淫らに激しく求められてきたと思っていたけれど、それすらまだまだ紳士的だったと思えるほど、彼は私を一心不乱に犯し続けていく。

たちまち荒れ狂う嵐と化した彼に身も心も呑まれてしまう。

「ああ、レーヴィス……さん……も、もっと……あぁあっ！ いいっ…ン、あぁ、あぁあああぁっ！」

下腹部に灼熱の肉杭をくるったように穿たれ、頭の中が本能一色に塗りつぶされる。

壊れてしまうんじゃないかと怖くなる一方で、彼になら壊されてもいい。むしろ壊されたいという危険な欲望までもが胸を熱く焦がしてくる。

「ん、あぁあっ！　あぁあぁあ……」

彼の荒々しい抽送に合わせて視界がぶれ、意識もところどころ飛んでしまう。

深くつながり合った箇所が溶けて一つになってしまうかのような感覚に酔いしれながら、私は際限なく乱されていく。

心も身体も隅々まで支配され、彼のことだけしか考えられなくなってしまう。

沸騰しきった頭に立て続けに鋭い愉悦が突き上げてくる。

「あっ！　あぁああ、レーヴィスさん、こ、んな…くるって……あぁあっ、壊れ、て。あぁあ……」

「くるいたまえ。壊れたまえ――」

「うっ、あぁ……も、もう……とっくに……くるって……壊れ、て……あ、ああ！」

「――知っている」

くるおしく身悶える私を見つめながら、彼はやがて真上から自重をかけて肉槍を落とし始めた。

すでに痺《しび》れ切った子宮口にさらなる追い打ちがかけられ、重厚な快感が脳天にかけて響き始めた。

ひっきりなしにイかされてしまうも、彼の猛攻は緩むことはない。

むしろ、さらに激しく雄々しく私の最奥を穿ってくる。

全身にはしる震えが止まらなくなって、四肢をガクガクと痙攣させながら、私は彼の下でくるおしくのたうつ。

「あぁああっ！　もう、もうっ！　ゆ、許して……あ、あぁっ！　いやぁああ！」

「――ああ、アリス……愛している」

熱を帯びた愛の言葉を紡ぐと共に、彼は私の身体を力いっぱい抱きしめて――強張りを解き放った。

熱いものが下腹部にいっぱいに満たされて沁みていくのを感じながら、私は浮遊感に身を委ねて全身を弛緩させる。

全力疾走をした後の心地よいけだるさを何倍にもしたような感覚に酔いしれながら、私は薄く目を開いた。

すぐそこにいとおしい彼のオッドアイがあって、たまらず手を伸ばして頭を自分のほうへと抱き寄せる。

何の過不足もなく満たされきった完全な世界が私を包み込んでいく。

胸がいっぱいになって、さらなる涙が零れて出てくる。

もうきっとこれ以上の幸せはない。

たとえ、この先何があろうとも彼と一緒にいられさえすればいい。

葛藤も不安も全てが信じられないほど溶け消えていく。

「アリス、私と一緒にいてくれるかね？」

「私だって……できることならずっと一緒にいたいです……でも……」

「本当の自分が何を望んでいるかさえ分かっていればいいのだよ」

「…………」

息もできないほどきつく抱きしめられて涙に暮れる。

あれだけ悩みに悩んだ末に別れを決意したのにすべてが無駄だった。

どれだけ取り繕ったとしても彼の前では全てを曝《さら》け出されてしまう。魂ごと丸裸にされてしまう。

「――思いが一緒であれば、共に乗り切っていくべき道を行くべきだ。たとえそれが茨《いばら》の道だとしても」

レーヴィスさんの言葉には揺るがない決意が窺えた。

たとえ、その先にあるのが悲劇だったとしても――という悲しい覚悟。

どうしたらこんなに強くなれるのだろう？

逆に、なんて自分は弱かったのだろう……と悲しくなる。

もうどうしたって離れられないことは分かっていたはずなのに、彼のためにも自分のためにも別れたほうがいいなんて決意までして……しかも、それすら貫けなかった。

彼のように強い意志を貫き通せたらどんなにいいだろう。

レーヴィスさんが眩しく感じられて、私は目を細めながら、おずおずと頷いてみせた。

いつものようにこめかみにキスをされて目を閉じる。

やっぱりここが私の居場所なのだという確信を得て――諦めにも似た覚悟がゆっくりと固まっていくのを感じながら。

※　※　※

互いの本心を確かめ合ってから……果たしてどれくらい甘い時間を過ごしただろう。

気が付けば、辺りは夕暮れに包まれていた。

レーヴィスさんに言われてお茶のセットをそのままに馬車へと戻っていく。後で小人たちに回収するよう命じてあるのだそう。

貴族のピクニックというのは一般庶民のそれとは随分異なるものなんだなと思いながら、手をとりあって黄金色に染められた光景を夢うつつの思いで馬車へと戻っていく。

行きはレーヴィスさんとの別れを決めていたはずなのに、帰りはその真逆——たとえ、この先に何が待ち受けていたとしても、彼と最期まで一緒にいると決めているなんて。

不思議な感じがするけれど、これでいいのだという実感もある。

丘をめざすときとはまったく別なベクトルで「仕方ない」と思えて、しかも奇妙な確信すらあった。

ややあって、馬車が見えてきた。

と、そのときだった。

不意にレーヴィスさんが私を背後に庇ったかと思うと、フロックコートの内側へと手を滑り込ませて腰をかがめる。

「誰だっ⁉」

鋭い声と共に彼が前に構えたのは——繊細な装飾が施された拳銃だった。

「……っ⁉」

いきなりの不穏な空気に身が竦む。

一体何が起きているというのだろう⁉

ショックを受けつつも彼の背後から息を詰めて馬車を注視する。

刹那、馬車の影から赤い鎧《よろい》に身を包んだ兵士たちが姿を見せた。

その物々しい空気に鳥肌が立つ。

逃げなければ！

そう本能が訴えかけてくるも、恐怖のあまり足が動かない。

ただただレーヴィスさんの背中にすがるほかなかった。

銃剣を構えた兵士たちにたちまち取り囲まれてしまう。

これは一体どういうこと⁉　赤い鎧ってことは赤の女王の兵士たち⁉

でも、どうして⁉

頭が疑問符で埋め尽くされる。

すると、赤いマントを風になびかせ、胸元にずらりと勲章をつけたいかめしい男性が、レーヴィスさんの前へと進み出てきた。

鎧にも他の兵士たちより豪奢な装飾が施されているところからして隊長といったところだろうか？

彼は、レーヴィスさんから銃口を突きつけられているのにも構わず、恭しく胸に手を当てて頭を垂れた。

「――ノースレーヴ公爵、赤の女王の命令に従ってお迎えにあがりました。抵抗なさらないほうが御身《おんみ》のためかと」

「…………」

レーヴィスさんは警戒を解かず、強めの語調で男に応じた。

「『赤の招待状』の出迎えにしては少々早すぎないかね？　出直してきたまえ」

「それが予定が前倒しになったのです。女王陛下のご機嫌がどうもすぐれず、予想以上に他の処刑が早まったものですから。ご理解いただけると幸いです」

「………」

男は理不尽かつ恐ろしいことを淡々と口にした。

それがいかに異常なことか、きっともう本人にも分からなくなっているのだろう。

理不尽な狂気に満ちた日常に染まり切っている様子が、彼の言動の端々から垣間見えるような気がしてゾッとする。

どんな極端な行動にでるか分かったものではない。

私を背に庇って一歩も退こうとしないレーヴィスさんの気持ちはありがたいけれど、このままでは取返しのつかないことになりかねない。

なんとかしなければ――

そんな私の不安を見透かしたように、男が恐ろしい台詞を口にした。

「抵抗すればこの場で処刑を断行してもよい権限を我々は女王から与えられています。貴方の使用人たちの命も保証できかねます」

「っ⁉」

こんなの脅しじゃないっ！

使用人たちの命もってことは……私たちの帰りを待っていたみんなもすでに囚われてしまったということ？

全ては私ひとりの裁判のために？

そんな横暴が赦されるなんて……。

兵士たちの狂気に当てられたせいか、血の気が引き歯の音が合わなくなる。

「……レーヴィスさん……ここは素直に従いましょう……」

そう言うと、私は両手をあげ抵抗しない意思を兵士たちに伝えつつ、レーヴィスさんの背後から前へと歩を進めていく。

抵抗しない意思が伝わるかどうかすら分からないし、伝わったとしても無視される可能性だって十分にあり得る。

いつ撃たれてしまうか気が気ではなくて、足がガクガクと震えてしまう。

すると、それを察したレーヴィスさんが無言のまま私に寄り添って支えてくれた。

互いに見つめ合って——頷き合う。

口にせずとも思いが通じ合う気がして落ちつきを取り戻した。

レーヴィスさんは私の身体を支えながら、いつもとまったく変わらない悠然とした足取りで敵陣の只中《ただなか》へとエスコートしてくれた。

第七話　赤の裁判と赤の女王

裁判台という名の磔台《はりつけ》に私は立たされていた。

とはいっても、それは天井から大きなシャンデリアが提げられている豪奢な劇場内の中央にあるステージ上に設けられている上に、周囲には真っ赤なテーブルクロスをかけられたテーブルと椅子とが並べられている。

管弦楽団の優雅な生演奏をＢＧＭに、着飾った人々がワイン片手にコース料理を堪能しながら歓談している様子はどこからどう見ても高級なショーレストラン。

しかし、そのショーというのは、あらかじめ有罪が決められている処刑……。

そうと分かっていながらも、皆がショーを心待ちにしている様子が伝わってきて胸が悪くなる。

そもそも拷問や処刑を眺めながら食事ができるという神経が理解できない。

いったいここでどれほど多くの人々が無念のうちに見世物にされて命を散らしていったのだろう？

周囲はむせかえるような血の臭いに満ち満ちていて、さっきからずっと吐き気が止まらない。

でも、そんな臭いにもきっと彼女は慣れているのだろう。

私は深紅のドレスに身を包んだ女性からの視線に晒されていた。

頭には王冠をいただいていているし、この人が赤の女王に違いない。

彼女は、裁判台のすぐ傍に設けられた玉座に腰かけている。

赤ワインのグラスを回しながら味わい、冷ややかな微笑みを浮かべて私をしげしげと眺めている。

その尋常じゃない威圧感に嫌な汗が滲み出てくる。

覚悟を決めたはずなのに、いざ死を目の前にすると全身が異様なほどわなないて、自分ではどうすることもできない。

「皆の者、静粛に！」

女王が木槌《ガベル》を玉座のひじ掛けに埋め込まれた金具に打ち付けると、今までざわついていた会場が一瞬で水を打ったように静まりかえった。

その鋭すぎる反応に、いかに女王が皆から畏怖《いふ》されているかを肌に感じる。

目には見えない緊張の糸が場に張り詰めた。

「ただいまより、『赤の裁判』をとりおこなう！」

女王が朗々と裁判の開始を宣誓すると、会場が拍手で埋め尽くされる。

その異様な盛り上がりように私は眩暈《めまい》を覚える。

こんなにも私の処刑を楽しみにしているとか……本当にくるってる……憤りを通り越して呆れ果てるというかむなしくなる。

つくづくとんでもなく恐ろしい世界に飛ばされてきたのだと思い知るも、もう遅い。

まさか元の世界に戻る方法もわからないまま、処刑台に立たされてしまうなんて。

まるで悪夢のようだ。

でも、不思議なことに、覚めればいいのにとは思わないし、いつものように神出鬼没のブランシュが現れてすぐに元の世界に戻してくれたらいいのにとも思わない。

ということは、きっとこの選択肢が正しいということなのだろう。

私は、裁判台のすぐ傍の参考人用と思しき席に腰かけているレーヴィスさんへと視線を移した。

彼の両脇には武器を携えた兵士たちがものものしい雰囲気で目を光らせている。

レーヴィスさんと視線が交わると、今にも押しつぶされてしまいそうな気持ちが紛れて不安が和らぐ。


互いに静かに頷き合う。

本当は怖くて怖くて仕方ない。

それでも、やっぱり彼と一緒なら「仕方ない」と思える。

なんとか落ち着きを取り戻すことができた私は、せめて無様な姿は見せまいと覚悟を決め直して、毅然《きぜん》と女王を見据えた。

すると、女王は愉し気に目を細める。

まるでこれから捕らえた獲物をどう残虐にいたぶろうか品定めをしているかのように。

「おまえがアリスか？」

「……お初にお目にかかります……女王陛下」

「挨拶など、どうでもよい。どうせ最初で最後の謁見になるのだからな——」

大仰な仕草で肩を竦めてみせる女王に、観客たちはやはり大仰なリアクションをもって応じる。

その様子があまりにも必死かつ滑稽に見えて、なんだか腹立たしくなる。

そうまでして女王のご機嫌をとりたいのだろうか？

こんなくるったショーで女王や観客たちを少しでも喜ばせてなるものかと、逆に腹が据わってくる。

たとえ、この世界の全ての人たちが女王を恐れたとしても、私と彼だけは恐れない。

恐れてなんてやるものか——

「おぬしに異邦人の疑いがかかっておるが、まことか？」

「——はい、仰《おっしゃ》るとおりです。女王陛下」

躊躇《ためら》いのない私の返事に女王は目を剥き、言葉を失った。

会場が驚きにどよめく。

きっとこれまでに処刑台に立たされてきた人たちの反応とは真逆だったからだろう。

あまりにもささやかな一矢だけど報いることができて、不条理に打ちのめされていた気分が幾分か紛れる。

女王は呻くように尋ねてきた。

「……否定せぬのか？」

どうせ有罪が決まっていて処刑されるのなら、もうトコトン喧嘩《けんか》を売りつけてやろう。せめてそれくらいはしないと気が済まない。

私は腹を括《くく》ると、ありのままの思いを口にしてゆく。

「否定しても無駄という話ですし、隠すつもりもありません。こんなくるった理不尽なショーで誰一人楽しませるつもりなんてありませんから」

私が一歩も引かずに皮肉めいた言葉で裁判そのものを否定すると、会場内がさらにどよめいた。

観客たちの動揺が伝わってくる。

すると、女王はいかにも不愉快そうに顔を歪めてみせ、ヒステリックな声をあげた。

「『赤の裁判』がくるった理不尽なショーじゃと⁉　聞き捨てならぬぞ！」

女王の激昂《げっこう》に再び会場は静まり返る。

だけど、私はその沈黙も果敢に破った。

「本当のことを言ったまでです。私がいた世界では、無罪が万に一つもない裁判なんてありえませんから！」

本当は国や時代が違えば必ずしもそうとは言い切れないけれど、ここは敢えてハッタリをかましてみた。

そのハッタリは想像以上の効果を果たしたようで、女王の顔が怒りのあまりみるみるうちに赤くなっていくのが見てとれる。

「異邦人は重罪人で処刑って……よっぽど私の住む世界が怖いみたいですけど、私からすれば独裁者の機嫌に国民の命が左右されるこっちの世界のほうがよほど怖いです！」

「……っ⁉」

言いたいことを全て言い切ることができて気持ちが晴れる。

しかし、女王の顔から笑いが完全に消え、おぞましいほど醜い表情にとってかわられたのを見て血の気が引く。

別人のように歪み切った顔は、ありとあらゆる負の感情を凝縮したかのようだった。

その異様なまでの変貌ぶりに、たまらず私は目を背けてしまう。

嫌な汗が全身から吹き出し、いったん退《しりぞ》けたはずの慄きが胸にこびりつく。

「わらわが……おまえの世界を怖がっているだと⁉　ありえぬ！　そもそもおまえがいた世界のことなど聞いてもおらんわっ！　おまえはわらわが尋ねたことにのみ答えればよいのじゃ！　口を慎め」

ゾっとするような金切り声が会場に響き渡って場の空気が凍る。

女王は残忍な微笑みを浮かべると、愉し気に言葉を続けた。

「ク、ふふ、フフフ……処刑の前におまえのその生意気な口を引き裂いてやるとしよう。これ以上余計な戯言《たわごと》を口にできぬように。許しを乞うことができぬように。果たしていつまでその気丈な態度がもつか見ものじゃのう？」

これはハッタリじゃない……本気だ。

本物の狂気にあてられて、せっかく奮い立っていた心がたちまち折れそうになる。

怖気づいてしまった私に気を良くしたらしい女王は、少し離れた位置で控えていたフードを目深にかぶった巨漢を一瞥した。

処刑人と思しきその男は、赤いカバーをかけたワゴンを女王の前へと運んでくる。

女王がカバーを外すと、空中へと放り投げた。

ワゴンの正体が明らかになった瞬間、私は心臓を氷の手で握りつぶされたような錯覚に襲われた。

その上にずらりと並べられていたものは――数々の拷問器具だったのだ。

かぎ状になった鉄の棒や、棘が無数についた鉄球、ノコギリなど、その用途を想像するだけで鳥肌が立つものばかり……。

赤茶けた錆《さび》はそれがいかに使い古されたものかを無言のうちに物語っている。

つい拷問をリアルに想像してしまい、身が竦んでしまう。

押し黙ってしまった私に、女王は得意そうな表情をしてみせた。

「どうも、お主は誤解しているようじゃが、異邦人は世界の均衡を崩す危険な存在であって、『赤の裁判』は世界を守るために必要不可欠なもの。その誤解を改めて先ほどの発言を撤回し、詫びるというのであれば、なるべく苦しまぬよう一気に首を刎ねてやろう――どうじゃ？」

女王はワゴンの上に並べられた拷問道具を子供のように目を輝かせて眺めると、一つひとつ優雅な所作で手にとって私へと見せつけてくる。

「口が使えるうちに、せいぜいわらわの機嫌をとっておいたほうがよいぞ？　後悔してもし足りぬほどの苦痛にじりじり殺されたくなければ」

「………」

もはや残虐な本性を隠しもせずに脅してくる女王を前に、私は反論の言葉を見つけることができず歯噛みする。

せめて一矢報いたいと女王に敢えて喧嘩を売りつけたくせに、それを今になって後悔するだとか、つくづく情けない。

やっぱりリアルはそう甘くない。いさぎよく死ぬなんて無理すぎる……。

私が救いを求めるようにレーヴィスさんを見つめてしまったそのときだった。

「女王よ、罰するべきは彼女ではない。この私だ――」

レーヴィスさんの朗々とした低い声が会場内に響き渡る。

まるでこの瞬間《とき》を待っていたかのように。

「――っ!?」

不意を衝かれた女王が目を剥いてレーヴィスさんを睨みつけるも、彼は一切ひるむことなく静かに席を立ちあがった。

気色ばむ兵士たちを目だけで制すると、女王のほうへとゆっくりと歩を進めていく。

レーヴィスさんからは、赤の女王を上回るほどの殺気じみた圧が感じられる。

その場に居合わせた全員が息を呑んで、彼の一挙手一投足を見守っているのが肌に感じられる。

「彼女が異邦人であると知りながら食客に迎えて匿《かくま》った罪こそまずは罰するべきだ」

レーヴィスさんの声が再度響いた。

場がしんと奇妙なほどに静まり返り、彼のブーツのかかとがたてる音だけが等間隔に響いていく。

時間にすればものの数分だったに違いない。

だけど、ものすごく長くに感じられる。

やがて、レーヴィスさんは、女王と私の前までやってきた。

そして、女王には目もくれずに、私の左手を恭《うやうや》しく手にとって唇を押し当てた。

その瞬間、死を目の前に突き付けられて極限まで張りつめていた気が緩み、その場に崩れ落ちそうになってしまう。

しかし、そんな私を彼の逞しい腕がしっかりと支えてくれた。

「レーヴィスさん……」

「ずっと一緒だ。アリス」

「…………っ」

確かに——どんな結末を迎えることになっても一緒にいようと約束した。

その約束には、たとえ『赤の裁判』で一緒に裁かれることになったとしても――という意味が、口には出さずとも暗に込められていた。

でも、やっぱり駄目だ……。

なんとしてでも私のために彼を死なせたくない！

そんな思いが不意に胸を突き上げてきて困り果てる。

つくづく……往生際が悪すぎる。

そう思う一方で、どうして彼を守るための嘘を貫くことができなかったんだろう？　と、今さらのように後悔してしまう。

もうどうすることもできないのに……。

だけど私のためにレーヴィスさんを死なせてしまう。私こそが彼を殺してしまう。

やっぱりそんなこと耐えられない。

視界が涙で滲み彼の顔がぼやけてしまう。

本当はまばたきすることすら惜しいほど、彼の姿をこの目に焼き付けておきたいのに。

気が付けば、私はレーヴィスさんを背に庇って声を振り絞っていた。

「レーヴィスさんは何も悪くありません！　女王陛下っ！　どうか罰するなら私だけにしてくださいっ！　そうしていただけるのならば……先ほどの言葉も全て撤回しますし、陛下のご命令には何でも従います！」

なりふり構わず取り乱して、無我夢中で彼を庇う。

無慈悲な女王には何を訴えかけても、きっとその凍《い》てついた心に届くことはないのだろうと頭では分かっていても、そうせずにはいられなかった。

女王に一矢報いるとかもうどうだっていい！　彼が無事ならそれだけで……。

これじゃ、彼女の機嫌とりに必死な観客たちを笑えない。

だけど、そんなことすら彼の命を守ることに比べれば、とるに足りない些末《さまつ》なことに思える。

「アリス。落ち着きたまえ──」

「すみません……でもっ！　やっぱりどうしても耐えられません！　どうかお願いです！　女王陛下！」

レーヴィスさんに背後から強く抱きしめられて窘められるも、もはや自分でもどうすることもできず、涙ながら必死に女王に許しを乞い願ってしまう。

ああ、本当になんて恰好悪いんだろう……。

昔の映画で、妻子を奪われた主人公が理不尽な処刑にかけられる場面があった。

主人公は最期まで怯《ひる》むことなく、自分の信念を声の限りに叫んで理不尽な処刑に一矢報いてから散っていった。

自分もそんな風に最期を迎えることができたらいいのにと願っていた。

だけど、全然思うようにいかない。

無様に取り乱す姿は女王や観客を喜ばせてしまうだけ。

絶対にそんなことしてなるものかと思っていたのに、いざレーヴィスさんを死なせてしまう場面に直面するや否や、覚悟も何もかも驚くほど簡単に吹き飛んでしまった。

「──アリス、全て私に任せたまえ。ブランシュから全て聞いた。今も彼は観客の中に紛れて我々を

手を伸ばして掴んだ。

　私は渾身の力を込めて彼の手を振りほどくと、一心不乱にトレーの上に並べられた拷問道具へと手を伸ばして掴んだ。

　果たして、手にしたのは抜き身の短刀だった。

　それを喉元につきつけて、女王とレーヴィスさんとに対峙《たいじ》する。

「……処刑されて見世物になるくらいなら……自分で死にますっ！」

「やめたまえ、アリス」

「……いいえ」

　手も足も情けないほど震えてしまうけれど、私はレーヴィスさんにぎこちなく首を左右に振ってみせた。

　刃が喉に触れている箇所だけに神経が集中する。

　きっとこれが私が本当に選ぶべきだった正解に違いない。何度も正しいと思っていた選択肢が覆ってきた末にようやくたどり着くことができた。

　このまま私だけが命を絶てばいい。

　そもそもの処罰の対象は私だけだし、きっと人望篤《あつ》く有能な領主を女王も本当は手放したくはないはず――レーヴィスさんを敵には回したくないはず。

　きっと彼の命までは奪わないだろう。

　少なくとも彼の死を目の当たりにすることだけは避けることができる……。

そう考えてしまうどこまでも弱い自分に辟易《へきえき》とする。

でも、そんな自分も全部まるごと受け止めよう。

覚悟を決めた私は力いっぱい目を瞑ると、短刀を握る手に力を込めていく。

喉をナイフで引き裂くことだけに集中して、ひと思いに死んだほうがいい。

そうは思うのに雑念が入ってしまう。

死ぬのってやっぱり苦しいんだろうか？　痛いんだろうか？

死後の世界ってあるのだろうか？

そこでおばあちゃんとも出会えるのだろうか？　いや、確か自殺とかって駄目なんだっけ？　あらかじめ課せられた人生を途中で投げ出すことになるからペナルティがあるとかないとか……。

とりとめもない考えがせわしなく頭の中を埋め尽くしていき、緊張が極限に達する。

それでも、最期にレーヴィスさんの姿を目に焼き付けておきたいと思って目を開いた。

そして後悔する。

そこにあったのは、レーヴィスさんの苦悩と悲痛と渇望の入り混じった表情だった。

私が最期に見たかったのは彼の笑顔だったのに――

本当に……ごめんなさい。

目でそう告げてから唇をきつく噛みしめ、刃を静かに喉へと埋め込んでいく。

だが、そのときだった。

「――もうやめいっ！　茶番はしまいじゃっ！」

女王の苛立たしげな金切り声が辺りへと響き渡った。

一瞬、耳を打つ静けさに場が支配される。

だが、その次の瞬間、人々の動揺を露わにしたどよめきに空気が揺れた。

「…………」

喉元をぬるい液体が伝わり落ちていく。

一体何がどうなって……女王の言葉の意図すら分からず、私はその場に石のように固まったまま動けずにいた。

ややあって、視線をレーヴィスさんから引きはがすと、おずおずと女王へと移動させていく。

果たして、女王は心底呆れ果てたといった表情で忌々しげに私を見据えていた。

呆れに呆れて、怒りすら通り越したかのよう。

困惑する私が食い入るように彼女を見つめていると、女王は理解できないといった風に首を左右に振りながら深いため息をついてみせた。

「このような茶番は前代未聞じゃ。これではまるでわらわが悪人ではないか」

「…………」

まるでって？

いやいや、最初から悪人だと思うけど……まさかその自覚がなかったとか？

今度は私のほうが呆れてしまう番だった……。

「……興が削《そ》がれた。日を改める！　今日は閉廷じゃっ！」

苛々《いらいら》とそう言い放つと、憮然とした女王は、肩をいからせてその場を後にした。

すると、会場内のどよめきがさらに大きくなり――

やがて、どこかの誰かが拍手をした。

それはたちまち伝染していって、まばらな拍手から盛大な拍手となって私を呑み込んでいく。

「………？」

ワケが分からない。どうして拍手を送られているのだろう？

この人たちは私の処刑を望んでいたはずなのに……。

ショーが中断したのだからブーイングをしてしかるべきでは⁉

私が茫然自失《ぼうぜんじしつ》となってその場に立ち尽くしていると、レーヴィスさんの手が私の手を優しく包み込んできた。

そして、私の手から注意深くナイフを引きはがす。

そこで私はようやく我に返った。

「わ、私……一体……」

「もう終わった。心配しなくてもいい」

レーヴィスさんは胸元からチーフを取り出すと、私の喉元に押し当てて傷の具合を確かめてから安堵の息をついた。

「傷は浅いようだ。問題ない」

「すみ……ません……ワケが分からなくなって……」

「……アリス、無茶をさせてしまった」

「レーヴィスさん……」

「大丈夫かね？」

「……はい……た、たぶん」

精一杯虚勢を張ってみせるも、やはりすぐに見抜かれてしまう。

「その様子では——あまり大丈夫そうではないな。無理もないが」

苦笑すると、レーヴィスさんは私の身体を横抱きにした。

そして、私のこめかみにキスをしてから誇らしげに周囲を見回すと、万雷の拍手の中を堂々と勝利を収めた王者のように歩いていく。

レーヴィスさんのぬくもりと香りに包まれて、ようやく私は自分がかろうじて命を取り留めたのだと実感できた。

彼を力いっぱい抱きしめて男らしい首筋に顔を埋める。

レーヴィスさんの元にまた帰ってくることができた。

今はただそのことだけに感謝しよう。

こうして、私の『赤の裁判』は幕を閉じた。

第八話　夢から覚めて――

レーヴィスさんのお城に戻って――極限の緊張からようやく解放された私は、自室のベッドへと倒れ込んだ。

そのまま気を失うように眠りに落ちていった。

元いた世界で残業に追われている夢を見たかと思えば、さらに過去にさかのぼって、おばあちゃんのお茶に渋々付き合っていた夢を見た。

かと思いきや、レーヴィスさんと甘くて危険な二人きりのお茶会の夢へと辿り着く。

そのままその場にとどまっておきたかったのに、そこからおそらくさらに過去へと飛ばされてしまう。

彼が一人でお茶を淹れている寂しげな光景が目に飛び込んできた。

抱きしめようと手を伸ばす寸前で、その光景は砂のように崩れて消え去ってしまって愕然とする。

やがて、元いた世界とエタニティランドの光景が交互にフラッシュバックしていき、私は混沌《こんとん》に呑まれていった。

もはやどちらが現実が夢なのか、夢が現実なのか分からなくなる。

このまま永遠に終わらない夢に閉じ込められたまま、目覚めることができないかもしれないのではと……不意に怖くなる。

だが、そのときだった。

「――アリス」

低く渋い声が、背後から私を呼んだ。

私は踵《きびす》を返すと、声のしたほうをめがけて一心不乱に駆けていく。

暗闇の中を駆けつづけていって……ようやく彼方に光が見えた。

その光の中へと私は飛び込んでいった。

※　※　※

「…………」

頭もまぶたも異様なまでに重い……。

鉛のようなまぶたをこじ開けようとするも、意識が混濁してまだ夢の中に閉じ込まれているような感覚を拭い去ることができない。

「――ようやく目が覚めたかね？　眠り姫」

「……っ!?」

ものすごく懐かしく感じる声がすぐ傍でして、ようやく我に返る。

おずおずと目を開くと、すぐそこにレーヴィスさんの姿があった。

私の傍に横たわって、穏やかな微笑みで私を迎えてくれる。

「………」

本当の本当に本物だろうか？

訝しみながら、私は彼の顔へと手を恐るおそる伸ばしてみた。

夢と同じように砕けてしまうのではないかと、怖くてならない。

だけど、今度は確かに彼の顔に触れることができた。

ぬくもりと感触を確かめるように触りまくってしまうも、レーヴィスさんは私にされるがまま身を委ねてくれる。

夢じゃない……ようやく目覚めることができた。

そう確信を得た瞬間、全身から力が抜けていく。

「レーヴィスさん……ようやく会えた……もう会えないかと……」

「怖い夢でも見ていたのかね？」

「はい……なんだか……ものすごく長い間寝ていた気がします」

「ああ、もう三日になる」

「ええっ⁉ そ、そんなに……」

「無理もない」

彼の大きな手に頬を包み込まれるようにして撫でられるのがあまりにも心地よくて、うっとりと目を細めながら安堵の息をつく。

そして、ようやく深い眠りの奈落から眠りに落ちる前の記憶をゆっくりと手繰り寄せていった。

そうだ……『赤の裁判』にかけられたけど……女王の気まぐれ（？）でかろうじて処刑を免れたん

だったっけ？

でも、万に一つの無罪もないとされていた裁判で、そんなことが本当にありえるのだろうか？

もしかしたら、本当は処刑されてしまったけれど、自分にとって都合のよい夢をつくりだしてそこに逃げ込んでいるだけかもしれない……。

恐るおそる首に触れてみると、包帯が巻かれていた。

ということは、やっぱりこれは現実ってこと？

喉元にナイフを突きつけたときの恐怖を生々しく思い出して、今さらのように血の気が引いていく。

「……夢……じゃない……」

「ああ――少なくとも君の夢でないことだけは確かだ」

意味深な言葉を返すと、レーヴィスさんはサイドボードに置かれたデキャンタを手にとって中身をグラスへと注いだ。

それを口に含むと、口移しで私へと飲ませてくれる。

よく冷やされたミントティーが喉を滑り落ちていったかと思うと、さわやかな香りが鼻に抜けていった。

こわばった気持ちが解れて、まだ靄《もや》がかっていた頭がはっきりしてくる。

「――今、湯浴みの用意をさせよう。心身を解すには睡眠と湯浴みが一番効く」

そう言い残すと、レーヴィスさんは私の額に口づけてきた。

そして、頭を撫でて「いい子で待っていたまえ」とだけ告げると、ベッドから立ち上がって寝室から書斎へと移動していった。

彼の言葉が妙に艶めいて聞こえて、妖しく甘い予感に胸がざわめく。

あまりにも多くの夢を見たせいだろうか？

ものすごく久しぶりな感じがして懐かしい。たった三日ぶりとはとても思えない。

私は胸を高鳴らせながら、彼が戻ってくるのを待つ。

だが――ややあって寝室へと姿を見せたのはレーヴィスさんではなく、なんとブランシュだった。

「ブランシュ!?」

またもバルコニーから足音を忍ばせてきた彼に目を剥く。

「その様子じゃ、もう大丈夫そうですね」

いつもと変わらない様子で肩を竦めてみせると、ブランシュはわざとらしいため息をついてみせた。

「まったく……あのままレーヴィスに任せておけばよかったものを……」

「……どういう……こと？」

「もう元の世界に戻る必要はなさそうですから、種明かしをしてもいいですかね」

そう言うと、ブランシュは私の返事を待たずに言葉を続けていく。

「異世界へ移動するには『死んだ』と本気で思い込む必要があるのです。ただし、それができなければ、フツーに死んでしまいますけど」

「……っ!?」

何か……とてつもなくものすごく危険なことをさらりと口にされたような気がして耳を疑う。

「自分を騙しきらなければならないのに、あんなおっかなびっくり喉にナイフを当ててるとか言語道断。一気に首を刎《は》ねられるほうがよほどリスクが低かったでしょうに」

「……そ、そんなこと……初耳すぎだし！」

「当たり前でしょう。事前に知らないほうが自分を騙しやすい。特に貴女みたいな単純なタイプは――」

「…………」

いつもと変わらず淡々とした冷ややかな口調で、とんでもないことを言われてカチンとくる。

でも、今はそんな彼に食ってかかる気力も体力も残っていない。

「……悪かったわね……気が小さくて……迷いまくりブレまくりで……」

自分で言っていてへこんでくる。

ホント……『赤の裁判』でも何度決心が覆《くつがえ》ったことか……。

ブレブレだった自分の器の小ささが情けない。

「ええ、でもまあ結果オーライです。どうやら貴女のその厄介な性分のおかげで最善のゴールへと辿り着けそうですし――」

「……そうなの？」

「女王はどうやら貴女をえらく気に入ったようなので」

「えええええぇっ!?」

どこをどうとったらそんな話になるのだろう？

女王の狂気じみた残虐な表情を思い出しただけで吐き気がこみあげてきて、私は口を覆った。

「……嘘……でしょ？　どうして……」

「さあ、たぶん貴女のような人間が珍しかったんじゃないですかね？　『赤の裁判』は無期延期になったようですし」

「…………」

他人事のように言うブランシュに苦笑する一方で胸を撫で下ろす。

しかし、彼はそんな私に憎らしい釘を刺すことも忘れない。

「まあ、女王は何せ気分屋なので――もしかしたら、いきなり首を刎ねられる恐れもなきにしも非《あら》ずですけど」

「怖いこと言わないでよ……」

「事実ですから」

「…………」

突き放すように言われて殺意を覚える。

でも、わざわざこうして伝えに来てくれたってことは、完全に他人事と思っているわけでもなさそうだ。

例のウサギ耳が申し訳なさそうに後ろに伏せられていることに気がついて毒気を抜かれる。

というか、もうブランシュは究極のクール系ツンデレってことにしておこう。

そのほうがいちいち苛々せずに済みそうだ。

そう結論を導いて、私が自分を納得させようとしたちょうどそのときだった。

「――ああ、そろそろ彼が戻ってきそうですね。あらぬ誤解をされては吾輩の名誉にもかかわりますのでこの辺で失敬します」

ブランシュはやはり相変わらずな毒舌を残して、さっさとバルコニーへと姿を消していってしまう。

と、それと入れ替えにレーヴィスさんが書斎から戻ってきた。

極力何事もなかったかのように取り繕ったつもりだけど、やっぱり彼には簡単に見抜かれてしまう……。

「うう……え、ええ……」

「……またウサギかね？」

「あ、は、はい……」

「アリス？」

「まったく……懲りない男だ……」

レーヴィスさんは苦々しい口調で呟くも、その声に刺々しさはない。

なんだかこういう二人の関係もいいものだなと、思わず笑いを誘われてしまう。

「──どうかしたのかね？」

「いえ、なんでもないです……ただ仲良しだなって思って。少しうらやましいです」

「勘違いしては困る。アレはただの腐れ縁にすぎない」

「されど腐れ縁ですよ」

「……ふむ？」

納得いかないという風に眉を寄せながらも、レーヴィスさんは私の身体をゆっくりと横抱きにした。

「君に変なちょっかいを出さなければいいのだが──」

「ああ、それだけは絶対にないですから……安心してください……」

「安心……か。それは無理な注文だ」

「え？」

「いつだって君を独り占めしたいと思っているのだから安心しようがない」

「っ⁉」

ポーカーフェイスからは、けして窺い知れなかった彼の一面に驚かされる。

でも、よくよく考えてみれば確かに……と思い当たるところは多々ある。

ブランシュを近づけないようにする対策も正直やりすぎなんじゃ……ってくらいだったし、そのほかにももろもろ……。

それがまさか私を独り占めしたくて、失うことを恐れての行動だったなんてまったく知らなかった。

「……そ、そうだったんですね」

「悪いかね？」

「い、いえ……悪くないです」

むしろ、もっと早く……率直に伝えてくれたほうがどんなにうれしかったか。

あまりにもうれしすぎて、顔がにやけてしまって困る。

レーヴィスさんは、完全無欠の紳士でありながら子供のような一面をも併せ持つ人だって知ってはいたけれど、この新しい発見をくすぐったく思う。

彼は私を寝室からベランダへと運んでいった。

そこには猫足のバスタブが用意されていて、浴槽には色とりどりの薔薇の花びらが浮かべられている。

湯気が薔薇のむせかえるような艶めいた香りを運んできて眩暈を覚える。

バスタブの傍に置かれたソファに優しく下ろされると、夜着をゆっくりとした手つきで脱がされていった。

甘い予感が否が応にも高まっていき、胸の鼓動が速まっていく。

彼の熱い視線を身体の隅々にまで感じて、私は目を伏せた。

視界の端に、レーヴィスさんが衣服を脱ぐ様が見てとれて緊張が高まる。

やがて、二人とも一糸まとわない姿になって改めて見つめ合う。

そして、どちらからともなく唇を重なり合わせていく。

どこまでも甘い唇の感触に心がさらに解されていくのを感じながら、ようやく身体の端々にまで血が通っていくのを感じる。

自覚できてはいなかったけれど、『赤の裁判』で死に直面したことによって、これほどまでに心身が凍えきっていたんだといまさらのように気づかされた。

きっとレーヴィスさんはそれに気づいていたからこそ、こうして湯浴みの準備をしてくれたに違いない。

その心遣いに胸が熱くなる。

もしかしたら彼も同じような恐ろしい目に遭ったことがあるのかもしれない……。

レーヴィスさんは私の手をとると、バスタブへとエスコートしてくれた。

熱い湯に浸《つ》かって彼の胸に頭を預けると、私は長い長いため息をつく。

「……いろいろ……心配をかけてすみません」

「気にしなくていい。むしろ、君の心配ならいくらでも歓迎しよう。今は何もかも忘れてゆっくり休みなさい」

「はい……」

私は、彼の心臓の鼓動を感じながら静かに目を閉じた。

規則正しいその音は、とてつもなく懐かしいものに聞こえて気持ちが凪《な》いでいく。

そういえば、赤ちゃんは母親のお腹《なか》の中で心臓の音を子守唄代わりに聞いているのだって聞いたことがある。だから、それによく似た音を聞くと安らぐのだとか。

そのときは半信半疑だったけれど、今ならそれが本当だったと分かる。

こうしているととても落ち着く。

それと同時に、レーヴィスさんが確かに生きているって実感できてしみじみとうれしく思う。

レーヴィスさんは、丁重な手つきで私の髪や身体を洗ってくれる。私の目を熱く見つめながら、時折キスを交わしつつ。

私の身も心もレーヴィスさんを感じて癒されていく。

そんな贅沢なひとときを味わっているちょうどそのときだった。

彼が命じておいたのだろう。

いつも身の回りをしてくれていた小人たちが、弾むような足取りでベランダへと姿を見せた。

ああ、よかった……女王の兵士たちにひどい目に遭わされたのではないかと心配していたけれど無事だったんだ。

恥ずかしさより安堵の方が上回る。

彼らは薔薇の花の形をしたケーキとアイスティーと思しきデキャンタをのせたワゴンを運んできてくれた。

私がお礼を言うと、さらにうれしそうに目くばせして、「どうぞごゆっくり！」とばかりに一礼してから足早にベランダを立ち去っていく。

そのコミカルな姿に胸がほっこりと温まる。

「こういうお茶会もたまには悪くないだろう」

そう言うと、レーヴィスさんは見事なデコレーションケーキの上に飾られた薔薇の花びらをスプーンで掬って私へと食べさせてくる。

いつもは口移しなのに——と、ほんの少し残念に思いつつも、そのひんやりとした感触に驚く。

「これ……アイスですか!?　あ、もしかしてアントルメグラッセ!?　アイスケーキなんですね!?」

「ああ、そうだ。溶けてしまうので口移しで食べさせられないのは残念だが——今はまださすがにこれくらいのほうがいいだろう」

「こ、これくらい……って……」

明らかに別な意味合いが含まれていたような気がするけれど……。

その予感は的中する。

レーヴィスさんはニヤリと笑ってみせると、私の耳元に低い声色で囁いてきた。

「今は君の回復が最優先だ。いつも以上に激しく抱かれてはさすがにつらいだろう」

「っ!?」

彼の発言に心臓が大きく跳ねあがる。

や、やっぱり……そういう意味だったんだ……。

いつも以上に激しくって……本当はそうしたいってこと？

恥ずかしいやらうれしいやら、少し申し訳ないやらで心が騒がしくなる。

「それに、これならば食欲がなくても食べられるだろう」

「確かに――」

「もっと食べなさい」

レーヴィスさんは、私の口元へと優雅な所作でスプーンを運び続ける。

マスカルポーネの濃いアイスと、ダージリンをつかった爽やかな口当たりのシャーベットとのハーモニーの妙に蕩けてしまいそうになる。

アントルメグラッセ。

雑誌で見かけたことがあって、「いつかきっと」と憧れてはいたけれど、基本はホールケーキだし、ちょっと値段的にも敷居が高くて今まで食べたことがなかった。

こんなにもおいしいものだったとは……。

紅茶のシャーベットは軽くてすぐに口の中で溶けていくのに対して、マスカルポーネのアイスはゆっくりと溶けていく。

その時間差が本当に絶妙すぎて、幾度となく感嘆のため息をついてしまう。

しばらくして、レーヴィスさんはいったんスプーンを置くと、アイスのハーブティーを私に口移しで飲ませてきた。

甘くなった口の中を爽やかなハーブティーがさっぱりと洗い流してくれる。

が、同時に彼の柔らかな舌も侵入してきて、たちまち官能の火が身体の奥へと灯されてしまう。

「ン……ンンン……」

けして獰猛ではなくどこまでも優しい彼の舌づかいに焦らされているかのよう。

でも、確かに彼の言うとおり。今はそれくらいのほうがいい……。

私と彼は時折薄く目を開けて熱いまなざしを交錯させながら、舌をゆっくりと絡め合って静かに燃え上がっていく。

彼が欲しい。一つに溶け合いたい。

そんな思いが頭の中をじりじりと塗りつぶしていく。

濃厚な大人のキスを交わしながら、私は彼に導かれるまま彼の屹立へと跨る。

お湯の中なので腰が不安定で浮いてしまいそうになるけれど、私は彼自身を受け止めていった。

「――あ、あ、ああっ」

熱された灼熱の棒が、私の中心へとゆっくりと深々と穿たれていく。

凍え切っていた心身の奥底までにもついに火が灯されていった。

彼自身を身体の奥深くに感じて、確かに生きているという実感を噛みしめる。

否、彼によって生かされているといったほうが正しいかもしれない。

「アリス、愛している」

熱いため息交じりに私の耳元に囁くと、レーヴィスさんは私を気遣いながら腰を動かし始めた。

奥に優しい振動がはしるたびに、愉悦が爆ぜて下腹部へと滲んでいく。

「あ……ああっ……あああ、レーヴィスさん……私も……愛しています」

本当はきっと情熱に任せて荒々しく突き上げたいに違いない。

彼の獰猛なまなざしがそれを暗に物語っていた。

しかし、彼はどこまでも紳士的に――私が気持ちよくなることだけを考えて腰を弾ませてはグラインドさせる。

首筋や背中、胸の先端、花芯へと彼の指先が繊細なタッチでなぞってくる。

私の弱いところをあますことなく知り尽くしている愛撫と抽送とに、たちまち私の心身は昂ぶり切ってしまう。

蜜壺がくるおしいばかりにうねって彼の雄々しい半身にすがるように絡みついてしまって羞恥心が燃え上がる。

しかし、それよりも彼が欲しいという渇望のほうがよほど強くて、湯と彼とにのぼせながらも、私は自ら腰をくねらせて一心に高みを目指していった。

「君も私を欲してくれているのが伝わってくる」

「……はい」

「今日は素直なのだな」

思うがままに互いの唇と舌とを味わいつつ、深いところでつながりあったまま、じりじりと悦楽の階段を二人一緒に手を取り合うようにして一段ずつ昇ってゆく。

激しい交わりもいいけれど、こんな風にゆっくりと愛を確かめ合うのもいい。

こんなにも私は彼に愛されていたんだ……と、胸がいっぱいになって、なんだか泣けてきてしまう。

「泣いているのかね？」

「はい、うれしくて……幸せで……」

飾らない素直な感情が唇から零れ出てきて自分でも驚く。

「私もこの上なく幸せだ」

レーヴィスさんはそう言うと、少しずつ腰の動きを強めていった。

鈍い振動が奥にはしるたびに、私は彼の上で身悶える。

やがて、湯の上に浮かべられた花びらが、彼の抽送の動きに合わせて躍り始めた。

「ンっ！　あぁっ、あ、あぁあっ、レーヴィスさんっ！」

「アリス」

互いの名を呼び合いながら、絶頂の高波を目指す。

レーヴィスさんは、私の胸を鷲掴みにして揉みしだきながら肉槍によりいっそう力を込めて奥深くを雄々しく穿っていく。

「や、あ、あぁっ、も、もうっ……もう……」

「一緒に――」

「は、はい……あ、あ、あ、あぁああっ！」

息も絶え絶えになりながら必死に彼に頷いてみせた次の瞬間、すでに限界まで引き絞られていた快感の弓がついに解き放たれる。

「あぁっ！　あぁぁあ！　あぁあああっ！」

絶頂の矢に脳を貫かれ、血管が切れてしまったかのような錯覚と同時に、私は鋭い嬌声を上げながら逞しい彼の身体へと無我夢中でしがみつく。

刹那、心身がとろけるような快感に浸食されていった。

不安も何もかも愉悦の果てに溶けていき、後に残されたのは、愛する人と一つになれた深い喜びだけ。

私は、息を弾ませながらも薄く目を開く。

「……っ⁉」

すぐ傍に彼の色違いの双眸がこれまでになく穏やかに輝いていることに気が付いて息を呑む。

あれほどつらそうだったまなざしから憂いの色が消えていた。

思わず、私は彼の顔を両手で包み込むようにして、そのオッドアイをじっと覗き込んでしまう。

「どうかしたのかね？」

「す、すみません……いつも以上にきれいな目だなって……見とれてしまって……」

自分で言っておきながら、めちゃくちゃ挙動不審にも程があると内心ツッコミをいれる。

それでも、レーヴィスさんは優しい微笑みを浮かべてそれ以上追及してはこない。

レーヴィスさんは私のこめかみにキスをしてから一度身体を離した。

そして、私を膝の上にのせ直すと、そのたくましい胸に私の頭を預けさせた。

「――ようやく気付かされたのだよ。全ては君と出会うためだったのだと」

「え？」

「互いにとって唯一無二の存在であるということが、これほどに満たされるものだとは知らなかった。

君が私に教えてくれたのだよ」

「そんな……もう知っているものだとばかり……」

彼にとって大切な存在が胸をよぎって苦しくなる。

しかし、レーヴィスさんは静かに首を左右に振った。

「確かに――だが、一方通行では駄目なのだよ。だからこそ……追い詰めてしまったに違いないと今なら分かる」

「…………」

自嘲めいた彼の口調が胸に突き刺さる。

レーヴィスさんは、こんなにも深く人を深く愛することができる人なのに……それがまさか一方通行だったなんて……。

やるせない思いに衝き動かされて、気が付けば私は彼の頭を掻《か》き抱《いだ》いていた。

「……自分を責めないでください！　レーヴィスさんは何も悪くないです」

「私のために泣いてくれているのかね？」

「……なんだか……悔しくて……すみません……」

涙腺が決壊したかのように、頬を伝わり落ちていく涙をどうすることもできない。

「いや、そんな君だからこそいとおしく思う」

レーヴィスさんはそんな私の涙をキスで拭ってくれた。

苦しいのは彼のほうなのに――

彼の優しさに余計胸が詰まる。

私が涙に暮れていると、レーヴィスさんは独り言のように言葉を続けていった。

「人を愛するというのは難しいことだ――かつて、私のお茶会に迷い込んできた親子がいたのだよ」

「……私と……同じ？」

「『異邦人』ではなかったが、身よりのない少女と父親を知らない赤ん坊だった」

「…………」

まさか、身よりもない上に父親を知らない赤ん坊を連れていたなんて……。

それを聞いただけで、彼女がどれほどの修羅場をかいくぐってきたか分かる。

彼女に対する憤りが同情へと転じていき、ようやく涙が止まった。

「それで……親子の面倒を見ることになったんですね……」

「ああ、放っておけなかったものでね——」

「……でしょうね」

「ああ、我ながら厄介な性分だ」

レーヴィスさんの目は遠くを見て過去へと思いを馳せているようだった。

「共に過ごすうちに家族になった。彼女は内縁の妻となり彼女の子は私の娘となった」

「…………」

きっと……とても幸せな毎日だったのだろう。

レーヴィスさんの微笑みに私まで笑みを誘われる。

あれだけ彼の家族には嫉妬していたはずなのに——

いつの間にか彼の幸せに寄り添っている自分に気が付いて不思議に思う。

「両親を早くに亡くしたこともあって、私にとっては初めての家族だったのだよ」

その気持ちは痛いほどよく分かる……。

私も彼と同じ。

ただ、私にはおばあちゃんがいてくれた。

一方のレーヴィスさんは、たった一人でこの城を継ぎ、公爵、領主としての役目を担わなければならなかった……。

きっとさぞかし孤独だったに違いない。

彼のこわいほどの渇望の理由にようやく辿《たど》りつけたような気がして、私はレーヴィスさんを抱きしめる手に力を込めた。

「だが、ある日、『愛されれば愛されるほど申し訳なく思う』という書置きを残して、妻は娘と共に姿を消したのだよ」

「………」

その気持ちも……分からなくもない。

だけど、私は何も言わずに胸の奥にその思いをしまっておいた。

「方々を探させて――よく似た親子が王都の時計台から身投げしたという話まで突き止めた。だが、目撃者の話によれば、二人の姿は空中で忽然《こつぜん》と消えたそうだ」

二人の身に何が起こったか……今なら分かる……。

きっと二人は私と同じように、どこか別な世界へと旅立ったに違いない。

彼のいない世界へ――

意識していようとしていまいと、本人が望まない限り世界を隔てる壁を超えることはできない。

ようやく今になってブランシュの言葉が腑に落ちたような気がする。

沈黙に場が支配される。

私は彼にかける言葉が見つからずに押し黙ってしまったまま。

だけど、彼は私の言葉を静かに待っていてくれる。

しばらくして、私は素直な思いをレーヴィスさんへと伝えた。

「レーヴィスさんも彼女も悪くないです……彼女はきっと……愛され方を知らなかっただけで……」

「ああ、そうなのだろうな。そして、私も愛し方を知らなかった」

「でも、もう知っているはずです」

私が思いの丈を込めて彼をじっと見つめると、レーヴィスさんは少し驚いたような顔をしてから頷いた。

「確かに――君の言うとおりだ」

「私はいなくなったりしませんから……ずっとレーヴィスさんと一緒にいますから」

赤の女王の気が変わって処刑されない限り……という余計な言葉も敢えて口には出さずにおく。

「これからも君を独占してもいいということかね？」

「はい」

私が迷わず頷いてみせると、レーヴィスさんは満たされきった表情を浮かべた。

こんな顔をされたら、もう何がなんでも彼の思いを受け止めてみせようという気になってしまう。

それがたとえ過剰でくるおしいものであったとしても――

不意にレーヴィスさんの目が濡れているような気がして、私は彼の目元にキスをした。

「きっと……彼女たちもどこか遠いところで幸せを見つけていると思います。私と同じように」

「そう願うとしよう」

互いに熱く見つめ合って、もう一度唇を重ね合わせていく。

この世界から旅立った親子の幸せと、自分たちのこれからの幸せを心の底から願いながら――

エピローグ

「これでよし、と……」

摘みたての薔薇を大きな花瓶に活けおえると、私は改めて自分がしつらえたテーブルコーディネートを眺めてから頷いた。

うん、いい感じ。自分で言うのもなんだけど――

今日は、淡いピンクのテーブルクロスに、見事な薔薇が描かれた揃えの食器を合わせてみた。

紅茶は、レーヴィスさんのリクエストで……「アリスティー」と名付けられてしまったブレンドティー。

お菓子は見た目にもかわいらしいマカロンやショコラを銀製のトレーに並べてみた。

食事は、これまた彼のリクエストで、ローストビーフを薔薇に見立てて挟んだサンドイッチと紅茶のスコーンを準備した。

量が量なので私一人で全部作れるはずもなく、小人のみんなに手伝ってもらって――

なにせ今日のお茶会には十人ものお客様がやってくるのだから。

レーヴィスさんが招待したのは、孤児院の子供たちとシスター。

彼と話し合って、今後はお茶会にお客様を招いていこうと決めたのだ。

そして、今日はその第一歩だったりする。

ぜひ手伝わせてほしいと張り切って準備に取り組んでみたのだけど、こんなにも胸が躍ったのは久々だった。

それもそのはず。何せいつか叶えたいと思っていた夢が、別な形で叶ったようなものだし。

いや、むしろ思い描いていたものよりも断然スケールが大きいかも……。

いつかこぢんまりとしたイートインスペースでお茶を楽しんでもらえる場所を提供できたらと思っていたのに、まさかこんなにも立派なお庭でのお茶会を開くことができるなんて思ってもみなかった。

ちなみに、ちょっとしたお土産も用意してそれぞれの席に置いてみた。

薔薇の刺繍をワンポイントに施したハンカチ。

みんなに喜んでもらえるかなあと図案から考えて毎日チクチク縫い進めていくのもお茶会の準備同様にワクワクして、気が付けば夢中になって取り組んでいた。

このお茶会は、まさしく私の好きなことをギュッと詰め込んだ特別なもの。

こんな貴重な機会を与えてくれたレーヴィスさんは、いつもの席に座って一足先に紅茶を楽しみながら、準備を進める私を飽きることなく眺めている。

ちなみに彼のハットは日替わりだけど、私が贈った帽子飾りだけはいつも変わらずにつけてくれていて、それを見るたびにうれしく思う。

「アリス、ご苦労様。おかげで素晴らしいお茶会になりそうだ」

レーヴィスさんの労《ねぎら》いの言葉に胸が熱く震える。

「本当に貴重な機会をありがとうございます」

「礼をいわねばならないのはこちらのほうだ。これからも頼めるかね？」

「それはもう！　もちろんです！」

私が力いっぱい頷いてみせると、彼は目を細めて穏やかに頷いてみせた。

そんな他愛《たあい》もないやりとりにも胸がほっこりと温まる。

つくづく幸せだなあと思わずにはいられない。

私がしみじみと幸せを噛みしめながら笑みくずれていると、彼に「――どうしたのかね？」と尋ねられた。

「いえ、なんだか……もう……何もかもが本当に幸せだなって思って……」

「まったく君は欲のない女性《ひと》だ」

「そんなことありませんよ。欲だらけです」

レーヴィスさんとずっと一緒にいたいという願いだけは譲れない。

たとえ、いつ突然首を刎ねられるかわからない危険と隣り合わせだとしても……。

今のところ、『赤の裁判』が再開されるという話はないけれど、あの女王のことだから油断は禁物だ……。

ブランシュは女王は私のことをえらく気に入ったから大丈夫だとか言っていたけど、それを鵜呑《うの》みにはできない……。

って、やめやめ！　考えてもどうしようもないことは考えるだけ時間の無駄！

せっかくの幸せな気持ちに水を差された気がした私は、慌てて『赤の裁判』と女王への懸念を頭から追い出した。

すると、レーヴィスさんがいたずらっぽく片眉だけあげて、意味深な視線をよこしてきた。

「せっかくなら、もっと幸せになってみてはどうかね？」

「え？　もう十分すぎますけど……」

私が驚きの表情を浮かべてみせると、彼は呆れたように苦笑して私を手招きした。

一体どうしたんだろう？

怪訝《けげん》に思いながらも彼のほうへと近づいていくと、優しく抱きしめられた。

そして、低い声で耳元に囁かれる。

「実は、以前君に教えた詩には実は続きがあるのだよ」

「え？」

確か私と同じ異邦人がこの世界に持ち込んだという詩？

まさか続きがあったなんて……。

だけど、なぜいきなりこんなタイミングでその話が出てくるのだろう？

首を傾げる私に、彼は詩の続きを諳んじてみせた。

「――巨大な灯火《かがりび》のように天空に輝ける太陽も高く昇れば昇るほど、それだけ早く旅路を終えて忽《たちま》ち西の空に沈み行く」

これは人の一生をなぞらえた詩なのだろうか？

年を経れば経るほど時は早く過ぎ去るようになり、いずれ沈むときがくるってこと？

「なんだか身につまされますね……」

「ああ、だからこそこれ以上の遠回りは時間の無駄だと思ってね――」

そう言って彼は私をまっすぐに見つめると、おもむろに懐から小箱を取り出す。

そして、箱の蓋を開けて私へと見せてきた。

「っ⁉」

箱の中には大きな真っ赤な宝石を嵌《は》め込《こ》んだ指輪が鎮座していて……私は驚きに息を呑んだ。

こ、これって……もしかして？

「アリス、私と結婚してくれるかね？」

「――っ！！！！！！」

まさかの予想が的中して、私は声ならぬ声をあげて目を見開く。

一方のレーヴィスさんは、その場に片膝をついて私へと指輪の箱を捧《ささ》げ持《も》つ。

こ、これ知ってる……よく海外の映画とかドラマとかで見かけるプロポーズ！

レーヴィスさんに改めてプロポーズされたのだと理解できるや否や、頭の中が真っ白になる。

「ま、待って……くだ、さい……そんないきなり……心の準備が……」

「何を驚く必要があるのかね？　すでに君は一度私のプロポーズを受けているはずだ」

「あ、あれは、そ、そのっ！　いろいろもろもろの勢いで……」

淫らなプロポーズを思い出して顔が熱くなる。

「だが、ブシに二言はないのだろう？」

「だから、武士じゃないですけど……ま、まあ……確かに……」

ごにょごにょと口ごもりながらも頷いてみせると、レーヴィスさんは安心したように微笑んだ。

「さすがにきちんと指輪を用意して正式にプロポーズをし直したほうがいいと思って、ひそかに作らせていた婚約指輪がついさきほど届いたのだよ。一刻も早く君に渡したくてね。本当は夜まで待つつもりだったのだが――」

「そ、そうだったんですね。気持ちはありがたいです……でも、ちょっとホントに急すぎです」

私が戸惑っていると、不意に無粋なツッコミが入る。

「――レッド・ベリルですか？　ざっと一億ルビーはしたでしょうに。アリスがいらないというなら吾輩がもらってあげますよ」

「っ⁉」

見れば、いつの間にかブランシュが私の手を覗き込んで黒い微笑みを浮かべていた。

「い、いやよっ！　いらないいなんて言ってないしっ！」

「ならば、さっさと受け取ればいいでしょう。心の準備だとかいちいち面倒くさいことを言わずに。これだから頭でモノを考えがちな牝《めす》は嫌なんです」

「………………」

面倒くさいとか牝とか、ホント相変わらず口が悪いんだから。

腹が立つったらない。

神出鬼没なブランシュに構わず、レーヴィスさんが再度私に尋ねてきた。

「それで――アリス、返事を聞かせてもらえるかね？」

「う、ううう……あ、後じゃ駄目ですか？」

「駄目です」

って、ブランシュに聞いてないからっ！

「外野はちょっと黙ってて！」

ウサギの邪魔をなんとかしてほしい！

レーヴィスさんに目で救いを求めるも、彼は少しだけ意地悪な笑いを口元に浮かべて肩を竦めてみせるだけ。

ううう……返事は今すぐしなくちゃ駄目ってこと？

こんな個人的な場面を第三者に見られながらだなんて……なんの羞恥プレイ⁉

ものすごく抵抗があったけれど、二対一では観念するほかない。

私は、視線を落ち着かなくさまよわせながら、レーヴィスさんへとプロポーズの返事をかえした。

「わ、私でよければ……喜んで……っていうか、本当に私でいいんですか⁉」

「ああ、君以外にはありえない」

彼の迷いのない言葉に心臓が跳ね上がる。

「で、では……よろしく……おねがいします……」

おずおずと左手を差し出すと、レーヴィスさんが薬指に婚約指輪をはめてくれた。

おおぶりの赤い宝石が日の光を受けて燦然《さんぜん》と輝く。

ブランシュがさっき言ってたけど、レッド・ベリルという宝石だっけ。

とても稀少なものらしいけど、レーヴィスさんが私のためにひそかにこんな素敵な指輪を用意しておいてくれたなんて……。

なんだか胸がいっぱいになって涙ぐんでしまう。

が、感動に浸る間もなく野次《やじ》が入る。

「それで、新婚旅行はどうするつもりですか？　せっかくなら異世界はいかがです？　案内なら吾輩がしてあげますよ。命の保証はありませんが」

「ちょ……新婚旅行にまでナチュラルに混ざろうとしないでよっ！」

あああ、もう……これじゃせっかくのプロポーズが台無し。

まあ、別に元々プロポーズに夢見るような性格でもないからいいのだけど。

逆にプロポーズしてくれたレーヴィスさんに申し訳ないと思ってしまう。

「な、なんだか……ウサギがすみません」

「何を謝る必要があるのかね？　ウサギの戯言など放っておけばよいのだよ」

顎に手を当ててどこか愉しそうなレーヴィスさんに毒気を抜かれてしまう。

まあ……こういう賑《にぎ》やかなのも悪くはないかと思い直して苦笑する。

じきにお茶会の始まる三時になったら、もっと賑やかになるのだし。

静かすぎるよりはずっといい。

きっと、これからは、もっともっと招待客が増えていって、よりいっそう賑やかになっていくに違いない。

「とりあえず、まずは婚約祝いと結婚式ですかね？　吾輩に一任してはいかがです？」

にたりとさらに黒い笑みを浮かべるブランシュに青ざめながら釘を刺しておく。

「いや、気持ちはありがたいけど遠慮しておくから」

「吾輩とアリスの仲じゃないですか。遠慮はいりませんよ」

「本当に遠慮じゃないしっ！　そもそもどういう仲よっ⁉」

「ほほう、どういう仲なのかね？」

「って、レーヴィスさん……マジツッコミはやめてください……」

気の置けない会話をかわしていると、馬車の音が遠くから聞こえてきた。

どうか最高に楽しいお茶会になりますように。

そう願いながら、ゲストを出迎えるべく、レーヴィスさんと連れだってお茶会会場のエントランスへと向かう。

彼に預けた左手の薬指に輝く婚約指輪が視界に入ってなんだか気恥ずかしい。

だけど、それ以上に幸せな気持ちのほうが大きくて。

レーヴィスさんの家族になれることがうれしくて。

彼と一緒に幸せな家庭を築くこと。

そんな新しい夢が芽生えた瞬間に、私は心の底から感謝した。

あとがき

みかづき紅月です。

異世界トリップものに今回は挑戦させてもらいました！

ヒロインがお菓子と一緒に食べられちゃう系のお話は過去にも書いたことはあったのですが、もっとさらにファンタジーに！　加えてお茶会色を濃厚に！

そんなこんなで大好きな「不思議の国のアリス」を下敷きにした異世界トリップもの……という感じになりました！

変態紳士を書けて大変幸せでした……。

紳士スキーな同志に喜んでもらえればと思います。


で、どうやら最近気づいたのですが、私はただの紳士が好きなのではなくて……紳士の皮をかぶった紳士、そういわゆる変態紳士（!?）が好きなようです……。

ええ、つくづく……アレですね。自分でも分かっています。

しかも、今頃気づくとか！　遅すぎるというかなんというか……よく天然とは言われます。

でも、芸術なんかもただ単にきれいなだけのものって心に残らないから駄目っていいませんか？

かの岡本太郎氏も、「芸術というものはうまくあってはいけない。きれいであってはならない。ここちよくあってはならない」という言葉を残しているように、ただ単にカッコイイだけの紳士じゃ駄目ってことなんだろうなあと……自分なりに納得していたりします。

完全無欠に見えて人間くささや弱さがあったり……アレな性癖があったりですね……うん、そちらのほうが大好物です。

まあ、そもそも紳士という生き物自体が絶滅危惧種だと思うので、贅沢を言えたもんじゃないんですけど……。

紳士ならもうなんでもいいと、少し前までの私は思ってました。

でも、よくよく考えてみるとやっぱり変態紳士が至高！　という結論に至った次第で……。

紳士スキー道は奥が深いなあと……思い知りました。

これからも紳士スキー道をこんな風にじりじりと掘り下げていけたらと思います。

なんかロクでもない方向にばかり迷走しそうではありますけど……。


これを機に、ちょっとちゃんとＨＰなどをつくって、そちらを通してもろもろやってみたい企画なんかも新たに生まれたりしたので、少しずつチャレンジしていけたらと思います。

だいぶ以前と比べて時間がとれるようになってきたので……そろそろそちらも挑戦してみようかなあと……本当に落ち着くのはもう少し先ですが……それでも随分楽にはなってきました。

紳士スキーに喜んでもらえる試みを今後も続けていきたいです♪

ただし、少しスピードは落として、じっくりやっていく予定でいます。

ただ単に前がちょっと速すぎただけなんですが……。

他にも挑戦したいことがたくさんあるので、焦らずじっくり楽しみながら丁寧に仕込んでいこうと思います。

これからもよろしくお付き合いいただけると幸いです♪


そんなこんなで新たな（？）発見があった本作ですが、初の異世界トリップモノだったり、またちょうどタイミング的に個人的なトラブルが重なったりとかで……もしかしたら「こんなの初めてかも」っていうレベルのスランプに途中陥ってしまいました……。

小説の執筆は心身の状態がそれはもうダイレクトに響くものなので、極力自衛に努めていましたが、それでもちょっと今回は難しくて。

もちろんきちんと克服はできたのですが、ねちねち修正したい病にかかったりなんだりして、時間がやたらかかりまくり&気が付けばページ数までもがえらいことに……反省しきりです……。

それでもスランプを無事乗り越えることができたのは、一重に常々お世話になっている編集さんやイラストさん読者さんをはじめとする私を直接ｏｒ間接的に支えてくれている方々のおかげだなあと改めて思い知りました。

この場を借りてお礼申し上げます……。

本当にいつもいつも……ありがとうございます。

少しでも恩返しができるよう……これからも精進します……。

主に「変態紳士道」を——ですが。

うん、精進する内容とベクトルがやっぱりちょっとアレですね……。

ちなみに、紳士紳士うるさいくらい連呼している私ですが、カワイイ女の子も大好きだったりする兼ね合いから……実は（?）男性向けもこれまでにたくさん書いてきました。

最近、女性向けの小説をたくさん書くようになって、そちらの病は少し落ち着いてきたかなあと思っていたのに、本作のアリスをとってもかわいく描いていただいたおかげか……レーヴィスも素敵だけどアリスもたまらんなあ……って、私の中のおっさん心がウズいて大変でした……。

もうホント……どうしようもないですね！

でも、これが「ありのままの私」ということで、これからも欲望などに忠実にいろいろなものを書いていきたいと思います。

そう、ホントにまあ今までいろいろ節操なく書いてきたなあと……ちょっとおかたいものから柔らかすぎにも程があるもの等。

そのどれもが私の一部であることには変わらないので、お好きなものをチョイスして愛でていただければ幸いです。

もしかしたら……今まであまり興味なかった分野でも「食わず嫌いだったかも⁉」という新たな発見があるやもしれませんしっ！

少しでも喜んでもらえて元気が出てくるようなものを、ずーっと書けるとこまで書き続けていこうと思います。

その際、「誰に」向けて書いているのか?
ということは、実はものすごく大事なことで――
自分が書きたいと思うものを、応援してくれる人たちのためにコツコツ書き続けていきます。

どうぞ他の作品でもお目にかかれれば幸いです。

みかづき紅月

蜜猫 Mitsuneko Novels

蜜猫 novels をお買い上げいただきありがとうございます。
この作品を読んでのご意見・ご感想をお聞かせください。
あて先は下記の通りです。

〒102-0072　東京都千代田区飯田橋 2-7-3
（株）竹書房　蜜猫 novels 編集部
みかづき紅月先生 / なおやみか先生

平凡な OL がアリスの世界にトリップしたら帽子屋の紳士に溺愛されました。

2017 年 10 月 17 日　初版第 1 刷発行

著　者　みかづき紅月

発行者　後藤明信
発行所　株式会社竹書房
〒102-0072 東京都千代田区飯田橋 2-7-3
電話　03（3264）1576（代表）
03（3234）6245（編集部）
デザイン　antenna
印刷所　中央精版印刷株式会社

Printed in JAPAN
ISBN978-4-8019-1245-8　C0093